Para Nair e Pedro Casagrande.

Tânia Alexandre Martinelli

Ilustrações de Daniella Domingues

a vida no escuro

1ª edição

Coleção Jabuti

Editora Saraiva

Gerente editorial: ROGÉRIO GASTALDO DE OLIVEIRA
Editora-assistente: KANDY SGARBI SARAIVA
Auxiliares de serviços editorias: MARI KUMAGAI/RUTE DE BRITO
Estagiário: DANIEL DE OLIVEIRA FAGUNDES DA SILVA
Produtor gráfico: ROGÉRIO STRELCIUC
Gerente de Artes: NAIR DE MEDEIROS BARBOSA

Coordenação editorial: VERBA EDITORIAL
Projeto gráfico e capa: ROSANA MARTINELLI
Suplemento de Trabalho: VERBA EDITORIAL
Preparação de texto: JULIANE KAORI
Revisão: LARISSA LINO BARBOSA/ RENATO POTENZA RODRIGUES
Impressão e acabamento: Forma Certa Gráfica Digital
Cód da OP: 248840

Dados Internacionais de Catalogação na Publicação (CIP)
(Câmara Brasileira do Livro, SP, Brasil)

Martinelli, Tânia Alexandre
A vida no escuro / Tânia Alexandre Martinelli ; ilustrações de Daniella Domingues. — São Paulo : Saraiva, 2011. — (Coleção Jabuti)

ISBN 978-85-02-13136-1

1. Literatura infantojuvenil I. Domingues, Daniella. II. Título. III. Série.

11-07666 CDD-028.5

Índices para catálogo sistemático:
1. Ficção : Literatura infantojuvenil 028.5
2. Ficção : Literatura juvenil 028.5

Editora Saraiva

Avenida das Nações Unidas, 7221 – Pinheiros
CEP 05425-902 – São Paulo – SP – Tel.: (0xx11) 4003-3061
www.aticascipione.com.br
atendimento@aticascipione.com.br
CL: 810168
CAE: 571399

10ª tiragem, 2024

parede

As paredes da sala ressoavam lembranças. Elas estavam lá, dependuradas. Todas as fotografias.

Fabiano e a mãe fazendo castelo de areia na praia. Quantos anos deveria ter? Cinco, no máximo seis. A mãe era linda. Usava um maiô inteiro azul. Azul como o céu da fotografia. Tinha a pele rosada, bronzeada pelo sol de janeiro. Ele, loirinho, sorriso maroto com o canto dos lábios, a cabeça inclinada próxima ao braço da mãe. Deixara os pequenos olhos azuis quase fechados, tentando amenizar a luz do Sol que batia em sua face.

Fabiano entre os irmãos. O braço de um por cima do ombro do outro. Esta tinha sido logo após o jogo, no dia em que se tornara campeão. Era muito bom no vôlei. Sabia disso. Marcelo e Lídia haviam saltado da arquibancada para beijá-lo no momento em que o juiz apitara o final da partida. Alguém fotografara os três, não lembrava direito quem. Conseguira a foto com o professor de Educação Física.

— Você merece — ele disse. — Fica como um presente meu.

Fabiano estendeu a mão e pegou a fotografia. Já ia saindo, quando o professor o chamou de volta.

— Você é muito bom. Invista nisso.

Fabiano sorriu.

— Tá certo, professor.

Colocou a foto num quadro, juntando às outras mais tarde, na parede da sala. Tinha então catorze anos. Não fazia muito tempo. Dois anos, não mais que isso.

Fabiano e o pai abraçados. Lídia batera a foto. Estavam todos na piscina da chácara, ele e o pai tomando conta do churrasco. A irmã tinha pedido para os dois fazerem uma pose. De um lado, o pai abraçava Fabiano; do outro, segurava um espeto de carne.

Fabiano e Rosana. Um de frente para o outro. Olhos fechados, lábios delicadamente colados. Era a lembrança que mais lhe doía.

Rosana era meiga, o rosto miúdo. Os olhos castanhos, pequenos e redondos, conferiam-lhe o olhar de uma garotinha frágil, indefesa. Quanto engano. Se assim fosse, ela não teria dito tudo o que dissera, todas aquelas palavras. Tinha sido dura, sim. Cruel, Fabiano pensou. Culpado, Fabiano sentiu-se. Um nada.

Fabiano passou a mão trêmula pelo rosto de Rosana. Deslizou-a pelo vidro do retrato até encostá-la no lábio da menina. O calor daquele beijo quase ali. Na ponta dos dedos. O quadro se mexeu, ficou torto, por muito pouco não caiu.

Piscou duro por duas vezes e novamente se deteve na parede de memórias. Tentou contar. Quantas memórias havia ali? Quinze? Vinte? Quarenta? Os quadros estavam se duplicando, triplicando à sua frente. Sua visão tornava-se embaçada outra vez.

Cambaleou ao aproximar-se da parede para enxergar melhor e esbarrou o braço no quadro em que beijava Rosana. O quadro caiu. Antes que Fabiano caísse junto, ainda pôde ouvir o vidro se quebrando. O som do estilhaço era o próprio som da sua vida. Destruída.

De nada mais lhe adiantavam as fotografias. Nem Rosana, nem ninguém. Agora era tarde. Fabiano estava morto.

começo

— Como estou, Lídia?

— Muito bem, mamãe! Linda!

— Também não exagera, vai!

Sandra fechou o sorriso tão logo avistou Fabiano deitado no sofá. A cara amarrada, os olhos voltados para aquele piso frio. Ele todo assim. Não estava feliz com a ideia de passar o final de semana na chácara, nem que o motivo fosse o aniversário da mãe.

Ao sentir-se o foco da atenção de Sandra, Fabiano quebrou o silêncio, jogando a pergunta:

— E o papai?

Sandra segurou a resposta por um instante.

— Eu já falei, Fabiano. Seu pai não vai.

O garoto sentou-se num impulso, o rosto sombrio.

— E por que não? Por acaso tem muito trabalho para este fim de semana?

— Fabiano, seu pai deve ter muito trabalho, sim, mas não é esse o caso.

Lídia intrometeu-se na conversa:

— Fabiano! Vê se cresce, garoto!

— Não me enche, Lídia!

Fabiano foi para o quarto. Lídia aproximou-se da mãe, colocando a mão no ombro dela. Sandra disse:

— O Fabiano não consegue entender...

— Com o tempo ele se acostuma.

— Sempre achei que o Marcelo é que fosse me dar problema.

— Mãe, o Marcelo não é mais nenhum bebê. Já tem dez anos!

— *Só* dez, você quer dizer.

Lídia era a filha mais velha, tinha dezessete anos. Fabiano, catorze.

— Dê tempo ao tempo, mãe. Você vai ver, as coisas vão mudar.

Sandra fez um sinal positivo com a cabeça, mais para si própria do que para a filha. Logo depois, dirigiu-se até o quarto de Fabiano. Abriu a porta devagar. Ficou ali na entrada, observando. Em silêncio.

Enquanto mexia em alguns papéis sobre a cama, Fabiano disse:

— O pessoal vai treinar amanhã.

— Hein?

— O vôlei, mãe. Tem o campeonato na segunda, esqueceu?

— Puxa! É mesmo! — Sandra foi entrando devagar, fechando a porta do mesmo modo como abrira. Até sorriu. Sentou-se na cama ao lado dele e continuou: — Por um instante eu tinha esquecido que nós temos um campeão aqui em casa.

— O pessoal vai treinar amanhã — repetiu, ignorando o comentário da mãe.

Sandra deu um suspiro.

— Fabiano. Gostaria muito de comemorar o meu aniversário. Com você.

O garoto ficou quieto. O mesmo gesto repetitivo com os papéis, os olhos sobre a colcha. Sandra falou com jeito:

— Filho, não tinha cabimento chamar o seu pai.

Fabiano encarou-a. Uma frieza:

— E por que não? Vocês não vivem dizendo que se separaram mas que continuam amigos? Então, isso não é verdade? Pensa que eu sou bobo, mãe? Mentem o tempo todo, isso sim!

— Fabiano! — ela ergueu o tom de voz. — Quero ir para a chácara descansar um pouco! Será que isso não é possível? Como convidar seu pai, meu filho? A gente acabou de se separar! Vamos dar um tempo, pelo amor de Deus!

Fabiano levantou-se, indo à escrivaninha. Enfiou os papéis na primeira gaveta que abriu. Fechou-a com força. Aquele barulho. Mirou a mãe.

— Acho que eu precisava treinar. Não ando muito bom nas cortadas, tenho errado bastante... Fiquei as férias de julho praticamente sem treino. Agora que recomeçaram as aulas...

— Fabiano — a voz de Sandra era firme. — Nós vamos para a chácara agora. Logo vai anoitecer e eu não gosto de pegar a estrada muito tarde da noite. Ainda mais na sexta-feira. O movimento é grande. Pegue suas coisas, por favor. Depois conversamos mais, está bem?

chácara

A chácara ficava a cinquenta quilômetros de São Paulo. Havia uma pequena casa logo na entrada, onde moravam o caseiro e a mulher. Seu José e dona Carmelina esperavam a patroa na varanda. Viram quando o farol iluminou a entrada do local e reconheceram o carro.

— Chegaram — seu José foi abrir o portão.

Sandra colocou a cabeça para fora da janela do automóvel.

— Tudo bem por aqui, seu José?

— Claro. Tudo em ordem, esperando a senhora.

— Que bom! Olha, a minha irmã e a família dela chegam hoje. Não devem demorar, estão na estrada a essa hora.

O homem assentiu com a cabeça. Sandra engatou a marcha do carro e foi descendo devagar até a casa principal. Olhou pelo retrovisor seu José fechando o portão. Estacionou o carro numa cobertura da casa que servia de garagem e desceu.

Sandra inspirou fundo, esticou os dois braços para cima, espreguiçando-se. Olhou ao redor, sorriu. A grama bem aparada, a piscina limpa.

— Isto aqui tá do mesmo jeito de sempre! — disse Fabiano, com pouco-caso.

— Ora! Ainda bem! — ela falou, sem dar a mínima importância para o mau humor do filho. — Sinal de que o seu José e a dona Carmelina estão tomando conta direitinho, não é mesmo?

Fabiano fechou a cara.

— Posso nadar, mãe? — perguntou o caçula.

— Agora, Marcelo?

— É. Tá calor. Posso?

— Está certo, pode ir.

— Oba!

— Por que não vai com seu irmão, Fabiano? — Sandra sugeriu.

— Não tô a fim.

Sandra foi entrando na casa, seu José e dona Carmelina apareceram logo depois para ajudá-la com a bagagem. Lídia puxou o irmão pelo braço:

— Não vá estragar o final de semana da nossa mãe!

Ele retraiu o ombro.

— Me solta, Lídia! Eu não tô querendo estragar nada!

— Então para de ficar com essa cara de quem comeu e não gostou, tá?

— Isso não é da sua conta. Aliás, você sim deve estar felicíssima que o papai não veio junto.

— Ora! Quanta bobagem, Fabiano!

— E não? Por acaso ficou do meu lado quando eu pedi? Não, claro! Ajudou ainda mais a separar os dois! — e debochou — *A filhinha adulta*. Perfeita!

— Fabiano! Você tá maluco? Vem cá um pouco.

Lídia trouxe o irmão para perto da piscina onde Marcelo nadava. Deu uma olhada para o caçula, que se divertia sem qualquer preocupação. Depois, voltou-se para Fabiano:

— Não é questão de ficar do lado de um ou de outro. Como é que eu poderia me intrometer numa decisão que não é minha? Eles é que tinham de resolver. Eu já te disse isso, que coisa!

— Isso é o que *você* acha. Não sou obrigado a pensar assim.

— Não é o que *eu* acho. É a realidade, meu caro. Você é que não tá querendo enxergar.

— Lídia... Não me amola mais, tá bom?

Fabiano deixou a irmã. No mesmo instante, Marcelo deu um grito:

— Não quer entrar, Lídia?

— Eu, hein? Não quero saber de me enfiar nessa água gelada de jeito nenhum!

— Não tá gelada nada, sua bobona!

otávio

Lídia estava deitada num sofá, lixando as unhas; Marcelo e Fabiano no outro, assistindo à televisão. Sandra apareceu animada na sala, logo avisando:

— A tia de vocês chegou.

— Que ótimo... — resmungou Fabiano, cínico, os olhos grudados no programa.

Apesar de Márcia ser a única irmã de Sandra, já fazia algum tempo que não se viam. Nos últimos anos, Márcia e a família haviam se mudado três vezes de cidade por causa do trabalho de Henrique, o marido dela. Agora moravam em Campinas com os dois filhos: Otávio, de dezoito anos, e Júlia, de dezesseis.

A lembrança que Fabiano tinha do primo era muito vaga. A última vez em que se encontraram tinha sido numa viagem a Santos, quando ele tinha nove anos e Otávio, treze.

Otávio detestava programas em família. Aniversário da tia? Não, não, de jeito nenhum. Mas bastava a mãe lhe dizer que o deixaria sem dinheiro que ela sempre acabava conseguindo o que queria. Toda vez. E queria porque queria trazer a família toda para o aniversário da irmã. Ponto.

Lídia estava em frente à casa quando os tios e Júlia apareceram. Otávio dentro do carro ainda. Ouvindo música.

— Ele... ele não vai descer? — perguntou Lídia, mirando o primo.

Márcia virou-se.

— Mas que menino! Otávio! — gritou.

Otávio baixou o volume do rádio. Preguiçosamente, esticou o pescoço para fora do automóvel. Não disse nada. Ficou esperando.

— Venha! Saia daí, venha ver seus primos!

Otávio não fez questão alguma de demonstrar entusiasmo. Ao contrário, resmungou qualquer coisa incompreensível antes de desligar o rádio. Só então saiu.

Que cara grosso!, Lídia pensou, entrando na casa em seguida.

Fabiano cumprimentou os tios, abraçou, beijou, e mais um passo deu de cara com Otávio, à porta. Ele era alto, o corpo nem gordo nem magro, os cabelos castanhos e os mesmos belos olhos azuis da mãe. Fabiano tinha quase o mesmo porte. E os olhos.

— E aí? — falou Otávio. Sem sorriso. Apático.

— Tudo bem? — disse Fabiano.

— Poderia estar melhor se eu não tivesse que ficar dois dias enfiado no meio do mato.

E entrou. Cumprimentou Sandra rapidamente, perguntando-lhe na sequência onde iria dormir.

Lídia tinha ido para a cozinha. Segundo ela, não queria ter o desprazer de encontrar o grosseiro do primo.

estreia

Fabiano levantou-se cedo, apesar do sono ruim. Péssimo, para dizer a verdade. Não se lembrava das horas, mas era bem tarde e ele ali, acordado, pensando. Tantas coisas sem compreensão. Nem tudo tinha a ver com a recente separação dos pais. Uma parte, sim. Mas havia algo além. Uma sensação de impotência. Ou carência. Tristeza. Tudo mexendo dentro dele, incomodando, e a mais nítida certeza de que nunca, nunca mesmo, saberia explicar.

Vestiu seu calção e foi para a piscina, que estava vazia àquela hora. Ótimo. Não queria ver ninguém. Nadou, nadou, as braçadas levando-o de um lado a outro, de um lado a outro. Até esgotá-lo.

Saiu da água e foi dar uma volta pelos arredores da chácara. Lembrou-se dos inúmeros finais de semana que passara com os pais. Era bom. Divertido. Tinham a chácara havia muito tempo, antes ainda de o Marcelo nascer. Entretanto, nesse momento, tudo lhe pareceu imensamente sem graça, sem sentido. Não queria estar ali. Nem um pouco.

Otávio levantou-se perto do meio-dia. Foi até a cozinha, pegou uma xícara de café, cortou uma fatia de queijo. Mordeu um pedaço. Parou à porta, observando a paisagem. Passarinhos numa algazarra irritante.

Os convidados estavam chegando. Os pais de Sandra mais dois casais que trabalhavam com ela e só. Sandra era advogada, sócia em um escritório de advocacia.

Otávio estava cheio daquele monte de gente e resolveu dar uma sumida.

Andou pela chácara toda, examinando-a. Desceu em direção aos fundos, onde havia um lago. Sentou-se na grama, dobrou as pernas, e seus braços envolveram os joelhos. Res-

pirou fundo, ficou olhando para a frente durante algum tempo, não prestando atenção em nada em especial. Olhou para cima, onde ficava a casa. Não. Aquele não era um bom lugar.

Colocou-se em pé novamente.

Caminhou.

Através das janelas envidraçadas da sala, Fabiano viu o primo se afastar do lago, partindo em direção ao pomar. Aonde será que ele vai?, pensou, enquanto já dava o primeiro passo naquela direção.

Otávio sentou-se debaixo de uma mangueira. A folhagem trazendo uma sombra boa, um vento manso refrescando o calor.

Fabiano aproximou-se devagar. Tímido.

Cumprimentou:

— Oi.

E, no mesmo instante, arrependeu-se. Não deveria estar ali, claro. Otávio tinha uma cara de quem não queria ser incomodado. Como é que ele não imaginou isso antes? Por que nunca conseguia tomar as decisões acertadas? Por que sua vida não caminhava como a de todo mundo, ele à frente, no comando? Não era assim? Não com ele. A sensação de não ter poder para nada. Nada dependendo dele. Nem os sentimentos.

Fabiano planejava dar meia-volta quando ouviu:

— Senta aí.

O garoto sentou-se. Otávio enfiou a mão no bolso da calça, tirou um pacotinho, abriu e começou a preparar o seu cigarro. Enrolou, acendeu. Fabiano, ao lado, quieto, observando. Aquilo deveria ser maconha, pensou. Na certa.

Otávio mantinha os olhos fechados. Disperso de tudo. Fabiano não ousou falar nada. Ficaram em silêncio por alguns minutos. Não seria melhor deixar o primo em paz?

— Quantos anos você tem? — perguntou Otávio.

— Catorze.

— Tenho dezoito.

— Eu sei.

— Já fumou deste aqui? — ele mostrou o baseado. E pela primeira vez olhou o primo diretamente.

Fabiano ficou desconcertado, sem jeito. Qualquer que fosse a sua resposta, o primo zombaria dele. Um cara de dezoito anos com um moleque de catorze? Fabiano sentiu-se minúsculo.

Disse a verdade:

— Não.

Mas Otávio, ao contrário do que Fabiano tinha imaginado, continuou do mesmo jeito. Não riu. Não foi cínico nem zombou. Apenas estendeu a mão:

— Se quiser...

Fabiano sentiu a fumaça bem próxima ao nariz. Teve enjoo. Vontade. Bastaria experimentar uma única vez. Só uma. Outra oportunidade? Nem pensar. Nunca. As pessoas ficavam diferentes, não ficavam? Sim, claro. Sentiam-se, ao menos. Qual o problema em...

Otávio trouxe o baseado de volta. Deixou seu corpo cair na grama. Puxou a fumaça. Fechou os olhos.

Fabiano deitou-se junto dele. E resolveu:

— Pode me passar.

escuro

À noite, na sala de jantar, Sandra e os convidados entretinham-se com um animado jogo de baralho. Debaixo da mangueira, no escuro, Otávio preparava o último baseado.

— Aproveita, porque não tem mais — Otávio informou. — Vou ter que esperar até amanhã.

— Por quê?

— Dei azar. O Luca me contou que por muito pouco a polícia não pega todo mundo. Ele e o Nego precisaram jogar o bagulho na descarga pra não se complicar. Sobrou pouca coisa.

— Quem são eles?

— Os caras de quem eu compro.

— Hã...

Fabiano pegou o baseado da mão de Otávio. Puxou a fumaça e soltou. Depois disse:

— Se as nossas mães abrirem a porta do quarto vão ver que não estamos lá.

— E daí? — Otávio deu de ombros.

— Sua mãe sabe?

Otávio respirou fundo. Respondeu devagar:

— Acho que sim. Acho que não.

— E se ela souber?

— Não ligo pra isso. Eu não sou viciado. Se um dia eu quiser parar, paro e pronto.

Após um tempo, Otávio perguntou:

— Você faz alguma coisa além de estudar?

— Jogo vôlei.

— Já joguei muito, cara. Agora tô meio parado, sabe como é.

— Gosto de jogar. Acho que é a minha vida.

— E eu gosto de viajar. Sair por aí sem um destino certo. Com a minha moto e a Ana.

— Quem é Ana?

— A minha gata. Ela é linda.

Rosana, pensou Fabiano, Rosana. E a imagem da garota mais bonita do mundo ocupou-lhe todo o pensamento.

Estudavam no mesmo colégio, não na mesma classe. Rosana era do nono ano B; Fabiano, do A. Pelos corredores, trocavam olhares, poucas palavras e nada mais. Fabiano estava completamente apaixonado. Nossa, se estava. Mas, e a coragem de se aproximar? Como? Fabiano sempre tímido. O jeito calado, comedido. Detestava tudo isso, detestava. Somente nas quadras sentia alguma firmeza. Alguma. Talvez de tanto o professor e os amigos falarem o quanto era bom. Sempre tinha alguém falando, sempre.

Quem dera pudesse sair com a Rosana, assim como Otávio saía com a namorada! Livres. Felizes. Quem dera pudesse se parecer pelo menos um pouco com o primo.

Não demorou muito, os dois pularam de volta a janela do quarto de Otávio. Fabiano abriu a porta e foi direto ao banheiro escovar os dentes.

De repente, a distância entre um lugar e outro pareceu-lhe maior. Fabiano pôs a mão no peito, sentiu o coração acelerado. A boca seca, os olhos vermelhos. Alguns objetos pareciam se mexer.

Ao retornar, viu o primo deitado na cama, as duas mãos por baixo da nuca, os olhos fechados. Ia sair, quando ouviu:

— Fica aí. Vamos conversar mais.

Fabiano sentou-se na cama.

— Até que o fim de semana tá correndo melhor do que eu esperava. A Ana ia gostar daqui.

— Quem sabe um dia você traz ela também.

— É, quem sabe... E você?

— Eu o quê?

— Não tem ninguém, não?

Rosana. Como Fabiano gostaria que ela fosse sua namorada! Como! Acabou contando ao primo que o seu contato com ela se limitava a alguns olhares furtivos.

— Não pode, cara! Não pode!

— Você, que tem mais experiência... Me fala. O que é que eu faço?

— Você tem que chegar nela, falar o que tá sentindo, entendeu? É assim que funciona. Simples. Vê se na segunda-feira você acaba de uma vez por todas com isso. Sem essa de amor platônico, cara! Coisa mais careta!

— Você tá coberto de razão, Otávio. Era justamente nisso que eu pensava enquanto a gente estava lá embaixo.

— É isso aí, mano! Tem que ir fundo! Não pode deixar passar, a vida é curta, tem que aproveitar, meu!

Otávio esticou o braço e os dois apertaram-se as mãos. Riram. Fabiano sentiu-se confiante, tranquilo, solto. Agora, sim. Agora, sim. Queria que os amigos vissem este Fabiano. Quem é que seria o líder dessa vez? Quem?

— Na segunda-feira, sem falta, vou falar com ela. Sou o melhor cara do mundo!

Fabiano riu alto, caindo para trás. Otávio também ria sem parar.

Com os olhos pregados no teto, o garoto continuou a pensar em voz alta:

— Ninguém é melhor do que eu, nem mais bonito, nem mais legal. Sou eu que a Rosana quer. Sou eu que ela vai querer!

Já era tarde quando Fabiano foi para o seu quarto. As luzes acesas por mais algum tempo, Fabiano deitado, a cabeça apoiada no travesseiro, os olhos quase, quase fechados. Mas o pensamento contrariando, não querendo dormir.

— Seria legal ver o Otávio de novo. Ele é que sabe aproveitar a vida.

competição

O colégio estava eufórico desde a primeira aula da manhã. E a razão disso era o campeonato interno de vôlei, organizado pelo professor de Educação Física. O vencedor desse jogo disputaria a final, na sexta-feira, contra o oitavo ano C, já classificado na semana anterior.

Quando o time de Fabiano entrou em cena, Rosana não se conteve:

— Olha ele lá!

Cíntia viu Fabiano conversando com os jogadores. Em seguida, olhou para a amiga, examinando-a.

— Rosana, você tá com cara de boba.

— Hein? — Rosana virou-se para Cíntia, sem compreender.

— Não foi você mesma quem me pediu? "Se eu fizer cara de boba, por favor, me avise..."

Rosana deu um suspiro.

— Eu nem estava me lembrando mais... Esquece, Cíntia. O meu amor, ou melhor, o meu grande amor vai jogar em poucos minutos. A minha cara não tem a menor importância. Vou torcer pra ele até ficar rouca!

— Tá. Só um detalhe, Rosana.

— O quê?

— Não dê muito na cara, ok? Não se esqueça de que o Fabiano é do nono ano A. E você é do B.

— E daí?

— E daí que a classe vai te matar se perceber a sua torcida inflamada pelo time adversário.

O jogo começou com Fabiano titular, como sempre. Logo no início, ele deu uma cortada esplêndida, que colocou o time em vantagem. A torcida aplaudiu. Fabiano comemorou, abraçando os amigos. Ao se posicionar em campo novamente, avistou Rosana na arquibancada. Olhando para ele. Fabiano deu um beijo na ponta dos dedos e acenou.

Rosana ficou perplexa, dura no lugar. Cíntia precisou dar um cutucão em seu braço.

— Aí, hein!

— Cíntia... Você também viu o que eu vi? Quem é que tá atrás de mim?

— Como assim? Foi pra você aquele beijo, sua boba!

— Por favor, Cíntia! Olha!

— Tá bom, tá bom! — Cíntia virou-se para trás, seus olhos percorrendo toda a arquibancada. — Lá vai, amiga. Prepare-se.

— Fala logo!

— Carlão, Gílson, Pedro, Gustavo, Renan e... — ela interrompeu a lista, fazendo suspense. Rosana quase sem respirar. — Tchan, tchan, tchan, tchan! Bruno. Satisfeita agora?

— Muito — ela disse, o rosto alegre. — Você nem imagina o quanto.

Fabiano mantinha-se em destaque no jogo quase o tempo inteiro. Defendia o time e atacava o adversário como um guerreiro que sabe bem o que quer. Lutava para não deixar a bola cair, cortava como um profissional. O resultado não poderia ser outro: ganharam de três *sets* a zero.

O nono ano A aplaudiu como nunca na arquibancada. A plateia gritou o nome dos jogadores, cantou músicas improvisadas, um alvoroço. Da turma B, somente uma pessoa festejava. E o motivo não era apenas um.

Fabiano saiu do vestiário esparramando os cabelos molhados. Era perto do meio-dia e os alunos tinham sido dispensados mais cedo. Na quadra, pouca gente. Revirou o lugar, cada detalhe. Ela não estava mais lá.

Saiu apressado, ansioso, chegando logo ao portão. Cíntia e Rosana despediam-se, quando ouviram o grito:

— Rosana!

A menina leva um susto, estremece. Fabiano corre mais um pouco, chega ofegante.

— Oi! — ele diz. E finalmente respira.

Rosana sorri.

— Parabéns, Fabiano! Vocês jogaram muito bem. Mereceram ganhar.

— Também acho — concordou Cíntia. — Só não diga isso aos meninos da minha classe ou então serei trucidada!

Fabiano riu.

— Tá prometido.

Cíntia arrumou uma desculpa e deixou os dois sozinhos. Sozinhos, no silêncio.

Tantas coisas Fabiano tinha a dizer. Tantas. Mas falar não era fácil, as palavras enroscavam-se umas nas outras, emaranhavam-se como galhos tornando tudo espesso, obscuro, inalcançável. As ideias, o pensamento.

Fechado. Era isso o que ouvia dos amigos. Não, não. Não sou fechado, ele contestava. E os amigos: Tá. Conta outra.

Mas eles tinham razão. Pior que tinham. Fabiano não era de se abrir. Tudo só com ele, no pensamento que não parava, nunca parava. A cabeça maquinando vinte e quatro horas. Tinha sido um fato inédito ter conseguido se abrir com Otávio. Incrível isso. Justamente o Otávio, um cara que mal conhecia.

Como era difícil escutar o silêncio.

— Bom... — começou Rosana, a palavra solta, esperando emenda.

Havia uma brecha aí. Um espaço onde Fabiano poderia colocar uma frase ou ao menos uma palavra. Mas o silêncio castigava.

— Também preciso ir, Fabiano — ela continuou, fechando o espaço. — Tenho que pegar ônibus, não moro perto, você sabe.

— Sei.

Rosana deu um sorriso, não imaginando que ainda não estava na hora de encerrar a conversa com um sorriso assim:

— Então, a gente se fala amanhã.

Ele concordou, mesmo não concordando:

— Tá legal.

convite

Fabiano foi embora frustrado. O pensamento fixo em Rosana, na oportunidade desperdiçada, no tempo perdido. Era um tolo, um fraco. Sim, como era.

Chegando em casa, duas vontades contraditórias: queria conversar com Otávio, falar de Rosana, dos desencontros. Se o primo o culpasse, seria merecido. Quem sabe as broncas não fossem uma forma de pagar pelo seu erro ridículo?

Mas havia também uma outra vontade, a de ficar calado, sozinho, sem dizer palavra. Ouvir o pensamento já era um castigo grande. Para que mais?

Fabiano passou a tarde de um cômodo a outro, do sofá à cama, da cama ao computador, dizendo apenas uma ou outra palavra necessária. Mais escrita que falada.

À noite, ligou para o pai.

— Fala, filhão! Tudo bem?

— Tudo. Tá ocupado?

— Não, não. Estava aqui remexendo umas papeladas da imobiliária. Trabalhando, filho, vê se pode!

— Hmm...

— Olha, estou pensando em passar lá na escola amanhã. Que tal almoçar comigo? Pego você na saída, topa?

— Tá. Pode ser.

Depois de uma pausa, Fabiano contou:

— Teve jogo hoje.

— E aí?

— Ganhamos.

— Que ótimo!

— Ainda falta o último, na sexta-feira.

— Ah, mas vai ser moleza, você vai ver.

— Não sei, não. Tem um pessoal bom.

— Nem tanto quanto você, estou certo disso.

— Sábado foi aniversário da mamãe.

Pausa. Mudança no tom de voz:

— É... Eu sei. Talvez eu ligue para ela amanhã. Andei meio ocupado esses dias. Você sabe, a imobiliária me deixa maluco às vezes, não é fácil tomar conta de tudo aquilo sozinho. Estou pensando em arrumar um sócio, o que você acha?

— Sei lá, pai.

— Bom, mas me fala. Pego você amanhã, então?

— Tá legal.

A semana foi passando. Arrastando-se, gorda e pesada. Fabiano sem ânimo, um pouco triste. Os amigos cutucando. E ele: nada, nada.

Viu Rosana na entrada das aulas, nos intervalos. Cumprimentou, falou um tudo bem, algum assunto mais sobre o jogo. Uma prova. Um professor que pediu trabalho complicado. Puxa, vai ser difícil... Assim. E só.

Na quinta-feira à noite, Fabiano resolveu telefonar para Otávio. Esperou uma hora em que a mãe não estivesse por perto para conversar mais à vontade.

Otávio mostrou-se animado com o telefonema. Fabiano até ficou surpreso.

— Puxa, cara! Tava pensando mesmo em te ligar!

— Ah, é? E por quê?

— Primeiro diz: por que é que me ligou? Teve sorte, sabia? É uma raridade me pegar em casa, à noite.

— É... é...

— Fala, meu! Perdeu a língua? — e Otávio riu, debochando.

— É que...

— Hã.

— Sabe a Rosana?

— Claro! A sua gata.

— Não consegui falar com ela ainda...

— Como? Quase uma semana e nada?

— Não deu. Quer dizer, quase deu, mas...

— Faltou coragem, acertei?

Fabiano deu um suspiro. Otávio ouviu do outro lado da linha.

— É.

— E quando é que você vai ver a mina novamente?

— Amanhã cedo é a final do campeonato de vôlei. Acho que ela vai assistir. Toda a escola vai.

— Então, preste atenção: depois do jogo você fala com ela e resolve essa situação de uma vez por todas, entendeu?

— Eu já tinha pensado nisso. Penso nisso todo dia, Otávio! Que vou chegar nela, falar e...

— O problema é que você só pensa. Trate de agir, cara!

— Vou tentar.

— Não vai tentar coisa nenhuma! Vai fazer e acontecer!

O telefone ficou mudo por alguns segundos.

— Eu me senti tão confiante... Sabe, lá na chácara...

— Tá sentindo falta de fumar um?

— Eu? Claro que não! Foi só um comentário.

Silêncio. Otávio recomeçou:

— Mas agora me deixa dizer por que é que eu ia te ligar.

— Ah, é! Fala.

— No sábado vai acontecer uma festa muito legal na casa de um amigo meu. Mas muito legal mesmo! Queria que você viesse.

— Eu? Ir até aí?

— E por que não?

— Não sei se a minha mãe ia deixar, Otávio.

— Olha, a minha mãe pode dar um toque pra ela. Não são irmãs? Então. Você vem no sábado à tarde, dorme aqui e depois vai embora no domingo. Tá na hora de largar a barra da saia da sua mãe e viajar sozinho, não acha? Nem que seja pra vir à casa de um primo.

Tentador o convite. Mas a mãe deixaria? Talvez se encarasse o fato como uma espécie de retribuição à irmã, que compareceu ao aniversário com a família toda. Sim, por que não?

— Vou falar com a minha mãe, Otávio, e amanhã eu te ligo.

— Tá legal. Olha, não sou muito ligado em parentes, essas coisas, mas sabe que eu fui com a sua cara?

Fabiano riu.

— Digo o mesmo.

— Ah! E prometa que vai cuidar da sua gata amanhã, hein?

— Pode deixar. Eu juro que vou falar com ela, sem falta. Juro!

final

O jogo contra o oitavo ano C estava difícil, bem complicado. Com o primeiro *set* praticamente perdido, o time do nono ano A começava a se sentir derrotado, sem confiança. A equipe vencedora, a que não tinha perdido nenhum *set* até aquele jogo, estava derrubada. Era visível.

O técnico pediu tempo e reuniu o pessoal.

Da arquibancada, Rosana observava o treinador gesticulando muito, a boca se mexendo com rapidez, e os jogadores apenas ouvindo, cabisbaixos. Estava na cara que já tinham assumido a derrota.

— É apenas o primeiro *set*! Vocês estão agindo como se tudo já estivesse acabado! Pelo amor de Deus! — o técnico encarou seu melhor jogador. — E você, Fabiano? O que está acontecendo, hein? Vamos virar esse jogo! Já!

O som do apito desfez os grupos. Fabiano avistou Rosana, lá no alto. Ela também estava apreensiva, era possível perceber. Seria por causa do jogo? Por causa dele?

O juiz encerrou o primeiro *set* e todos se posicionaram para a mudança de campo. Tomada por um impulso, Rosana desceu rapidamente os degraus da arquibancada, pedindo licença aqui e ali, e depois aguardando a passagem dos jogadores.

O que ela estava fazendo ali embaixo? Fabiano não compreendia. O coração do menino batendo como se fosse ter um ataque. Mais forte que isso.

Fabiano ia se aproximando, já tinha atravessado a linha que dividia os dois campos, e o olhar só nela. Nela. A plateia gritando uma linguagem confusa. Fabiano e Rosana quase frente a frente.

A menina sussurrou:

— Reaja...

Era só essa palavra, não havia outra. Mas ele entendeu mais de um significado.

Fabiano foi para a rede. Ficou de costas para o time adversário e bateu palmas para os seus companheiros, gritando:

— Vamos reagir, pessoal! Vamos lá!

E assim foi. Uma jogada atrás da outra, a equipe recuperando a vontade de vencer. Fabiano cortava com toda a sua força e arrasava. Agora eram os jogadores do oitavo ano C que estavam preocupados, errando por qualquer coisa, um lance pior que o outro. O time de Fabiano acabou vencendo o segundo *set*. E o mesmo aconteceu com o terceiro e o quarto, fácil também. O nono ano A tinha vencido o campeonato.

A alegria explodiu na quadra. Lídia e Marcelo saltaram da arquibancada e correram ao encontro do irmão. Abraçaram-se. Um dos professores do colégio registrou o momento.

— Olhem para cá! — e o *flash* da câmera fotográfica iluminou a felicidade dos três.

Rosana desceu os degraus da arquibancada. Sem pressa dessa vez. Irmãos, amigos, um tumulto onde Fabiano estava. Agora, não. Agora, não. Os olhos dele presos lá em cima. Depois, depois, ia dizendo e soltando um braço, deixando os abraços, abrindo o caminho. A atenção só nela. Para ela.

Fabiano parou na frente de Rosana. A imagem de um beijo se desenhando já, um sonho.

E finalmente ele disse a frase que cabia naquele segundo espaço de tempo. Naquela brecha que, dessa vez, não deixaria passar:

— Eu amo você.

Ela sorriu. Carinhosa, apaixonada. Fabiano chegou mais perto e a beijou.

Alguém tirou outra foto.

Mais tarde, ela também estaria na coleção da parede de memórias.

batida

— Se manda, Ricardo! — gritou Branco, com toda a força.

Ricardo largou Cris e correu pelo pátio da clínica de repouso, em direção aos fundos. Ao muro que dava para a rua.

Passou pelos detritos esparramados pelo chão, desviando com agilidade. Eram pedaços de madeira, vidro, ferragens de algumas venezianas e janelas destruídas, pedaços de portas e dezenas de camas quebradas. No centro do pátio, uma estátua dentro do que algum dia havia sido um chafariz. Um menino nu, acinzentado e esfolado, faltando-lhe um braço e algumas partes do rosto.

Deu a volta. Correu mais. Tudo o que podia. O muro estava perto. E a liberdade.

Saltou. Agarrou firme aquele paredão, impulsionando as duas pernas para subir. Sentiu a aspereza machucar-lhe as mãos e os braços, mas isso não importava. Precisava conseguir. Não havia dor, só a obsessão de escapar dali a qualquer preço.

Algo pegou o seu pé direito. O tênis arrancado com violência, a mão grande e forte esmagando seu tornozelo e fazendo-o cair. Seu queixo ainda raspou no muro, e Ricardo sentiu o sangue escorrer pelo pescoço. Estava acabado.

Deitou-se no chão, enquanto um dos policiais prensava o pé contra o seu peito e um outro o revistava de cima a baixo à procura de drogas. O sangue ainda escorria, mas Ricardo ficou estático. Que eles fizessem o que bem entendessem. Não iria abrir a boca.

Não muito tempo depois, mais dois policiais apareceram trazendo Cris, Branco e Rui.

Branco repetia o tempo todo:

— Eu tô limpo! Eu tô limpo!

— Fique com eles um instante — pediu aos outros o policial que prendera Ricardo. E afastou-se em seguida.

Cris olhou Ricardo, apreensiva. Ainda estava com o papelote de cocaína que ele lhe dera momentos antes. Apesar disso, não era com ela que se preocupava, pois sabia que os policiais não a revistariam por serem homens. Se fossem levados até a delegacia, antes que alguma policial se aproximasse, daria um jeito de sumir com tudo.

Cris preocupava-se com Ricardo. Sabia que havia muita droga com ele, mais de vinte pedras de *crack* e dezenas de papelotes de cocaína. Se o pegassem, não haveria desculpa. Era tráfico.

Em pensamento, ela lhe disse: "Eu te amo. Vai dar tudo certo".

Pouco depois, o policial que se afastara dos três adolescentes voltou com alguma coisa nas mãos.

Ricardo sabia o que era. Pensou que a sua chance estivesse no menino nu, esfolado e acinzentado. Que talvez eles não encontrassem as drogas jogadas ali e mais tarde ainda pudesse recuperá-las. Impossível agora. Tudo perdido.

— Muito bem! Olhem só o que eu encontrei dentro do velho chafariz! — satisfeito, o policial mostrou um punhado de drogas.

Cris soltou um suspiro de alívio. Numa prece silenciosa, agradeceu.

— Vão me dizer que não sabem de nada, é claro — o policial adivinhou.

— Não temos nada a ver com isso — falou Ricardo.

— Então, o que é que vocês faziam aqui, podem me explicar?

— Nós? Bem, eu só tava namorando um pouco... Nada de mais — Ricardo e Cris entreolharam-se. Cris mandou-lhe um beijo.

— Eu tô limpo! Já disse! — insistiu Branco.

— E eu também! — falou Rui.

— Recebemos uma denúncia de que esta clínica abandonada estava servindo como local de tráfico.

— Já falei — disse Ricardo. — Não sei de nada.

— Nem eu.

— Nem eu.

— Nem eu.

— Como sempre. Ninguém sabe. Vamos indo.

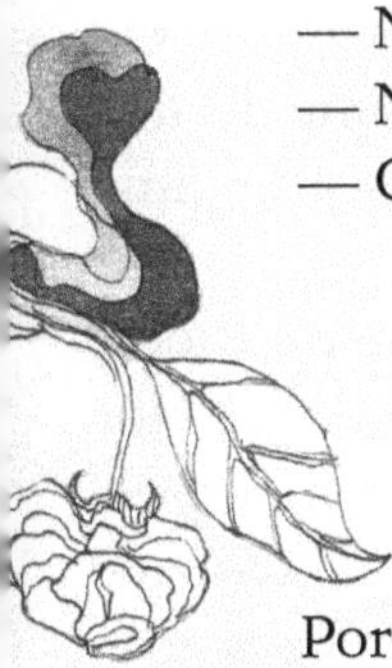

festa

Por mais que Fabiano quisesse ficar com Rosana no sábado, tinha a festa do amigo do Otávio com a qual ele já havia se comprometido.

A mãe o deixara ir com muito custo, mesmo depois de ter conversado bastante com a irmã. Além disso, Fabiano teve de fazer infinitas promessas. E ainda assim, ouviu: cuidado, cuidado, cuidado...

Fabiano nunca tinha ido a uma festa como aquela. Pelo visto, seria mesmo de arrasar, como Otávio o prevenira pelo telefone.

A casa do Juca, o amigo do primo, estava cheia. Assim que entraram, Otávio levou Fabiano para conhecer o seu pessoal.

— E aí? — disse Juca a Otávio, quase gritando por causa do volume do som. — Pelo jeito conseguiu trazer o primo.

— Este é o dono da casa — apresentou Otávio. — E da festa!

Deram-se as mãos.

— Meu nome é Juca.

— O meu é Fabiano. Sua casa é muito legal.

— Obrigado. Curta à vontade. Até amanhã cedo se quiser. Ou mais.

Fabiano estranhou o comentário. Otávio explicou:

— Os pais do Juca tão viajando, não é o máximo?

— Se é!

Fabiano girou os olhos pela sala toda. Muita gente mesmo. Depois perguntou ao primo:

— E a sua namorada? Como é mesmo o nome dela?

— Ana. Ela vem mais tarde. Teve que resolver uns probleminhas primeiro.

Otávio tirou seu pacotinho do bolso. Preparou tudo, acendeu. Fabiano ficou completamente surpreso. Aqui? No meio de todos, sem a menor discrição? Maluco este meu primo, Fabiano pensou. Mas minutos depois entendeu: Otávio passando o baseado para o Juca. Que na sequência passou a Fabiano.

A música estava boa e Fabiano dançava sem parar. Um pessoal legal e divertido, todos dançando, rindo, bebendo. Seu copo nunca ficava vazio, sempre alguém passava e lhe oferecia uma bebida. Fabiano misturava tudo.

Assim que Ana entrou, Otávio correu para abraçá-la.

— Nem acredito! — ele lhe deu um beijo estalado na boca.

— Eu não disse que vinha? — falou Ana.

— Como conseguiu?

— Pulei a janela.

— Você o quê?

— Pulei, e daí? Não ia ficar de castigo numa noite como esta.

Ana olhou para os lados, deu um aceno para uma amiga. Depois, voltou-se para o namorado:

— Quero fumar um, me arruma?

A certa altura, Juca chamou Ana e Otávio:

— Vamos lá no meu quarto.

Enquanto isso, entre passos incertos e tropeços, Fabiano ziguezagueava à procura do banheiro. Encontrou os três no momento em que subiam as escadas.

— Traz o seu primo também — falou o dono da festa.

Otávio puxou Fabiano pela manga da camiseta. Fabiano não tinha condição alguma de reclamar. Apenas os acompanhou, subindo os degraus com dificuldade, as pernas afrouxando, Otávio transformando a roupa de Fabiano em corda.

Lá estavam alguns amigos de Juca, que Otávio e Ana ainda não conheciam. Fabiano nem conseguia enxergá-los muito bem. Seria efeito da bebida ou da maconha? A cabeça girava mais que um carrossel. Estava vendo a hora em que seria arremessado longe.

— Olha o que eles trouxeram! — disse Juca, entusiasmado.

Sentado sobre a cama, um dos rapazes perguntou:

— Como é? Tão a fim?

Juca já usava cocaína havia algum tempo; Otávio, Ana e Fabiano experimentaram pela primeira vez.

Fabiano não sabia ao certo quanto tempo teria ficado lá em cima. Ao descer, teve a impressão de que os degraus da escada estavam soltos, dançando com a música, rebolando no ar. Sentia-se eufórico, invencível. Passou por um rapaz que lhe falou qualquer coisa, Fabiano nada escutou. No ouvido dele, só um zumbido, a cabeça tonta.

Cambaleava tanto que esbarrou em algo e caiu. Não sabia se era mesa, cadeira ou gente. Deixou-se ficar deitado por alguns instantes. O teto parecia baixar, querendo esmagá-lo. As pessoas voavam. Voavam sobre a sua cabeça.

Após um tempo e com muito esforço, finalmente conseguiu colocar-se em pé. Atravessou a sala, ainda cambaleante, e caminhou até a varanda que dava para o jardim. Num banco de madeira, pintado de branco, Ana e Otávio namoravam. Andou mais um pouco e outro casal encostado no tronco de uma árvore. Abraçando-se. Beijando-se.

Fabiano sentiu-se pior. Onde estava Rosana? Onde? Aquele beijo... Na quadra, na frente de todo mundo! Fabiano riu. Riu alto. Justo ele, justo ele... Não deixava de ser engraçado.

— Cadê o Fabiano tímido, fechadão? Rá, rá, rá — zombou.

No momento seguinte, tirou o riso, fechou a cara. Por que estava sozinho de novo? Droga.

Deu meia-volta, procurou Otávio.

— Me arruma mais um.

O primo deu a Fabiano o que ele queria e o mandou dar o fora.

Fabiano sentou-se na grama, perto do casal que namorava atrás da árvore. Acendeu. Uma calma profunda foi tomando conta dele. Relaxou. E logo desligou-se de tudo.

realidade

Chegaram em casa depois das seis da manhã; acordaram perto das três da tarde. A tia não falou nada, já devia estar acostumada aos horários do filho.

Antes de Fabiano tomar o ônibus de volta a São Paulo, Otávio levou-o para uma rua pouco movimentada. Desligou a moto, os dois desceram, tiraram o capacete e se sentaram na calçada. Fabiano aguardou o primo acender o baseado e depois lhe passar.

— Por que a Ana estava de castigo? — perguntou Fabiano.

— Deu rolo, cara. Nem te conto.

— Por quê?

— O pai dela.

— Que é que tem?

— Pegou a gente no maior flagra.

— Vocês dois... fazendo o quê?

— Nós dois mais a turma agitando por aí. Tava tudo numa boa quando o velho apareceu pra estragar. Não me pergunte como descobriu a gente. Deve ter mandado alguém seguir as nossas motos, um detetive, sei lá. O homem fez o maior escândalo, agarrou o braço da Ana e botou ela na marra dentro do carro dele.

— Nossa...

— O pai da Ana é caretão. Cheio da grana. Enche ela de presente, joia, paga curso de tudo quanto é coisa... Mas a Ana mata um monte de aulas pra ficar comigo.

— Quantos anos ela tem?

— Dezesseis.

— Ela parece tão independente...

— Verdade. É uma garota que sabe o que quer.

— E a mãe dela?

— Madame. Aposto que queria a filha assim também. E acho até que ela tava ficando, meu! Quando conheci a Ana ela era meio patricinha. Depois, entrou pra nossa turma. Ela é um arraso. Tô apaixonado, cara. Fissurado.

Fabiano deitou-se na calçada e fechou os olhos. Ouvia um som distante. Motor de carro... Buzina... Tudo meio confuso.

De volta a São Paulo, no ônibus, não se sentia nada bem. Tinha dor de cabeça, o estômago embrulhado e ainda por cima aquele carrossel atordoando-o.

Logo ao chegar em casa, telefonou para Rosana.

— E aí? — ela perguntou. — Como foi a festa?

— Legal. Pensei em você o tempo todo.

De repente, Fabiano se deu conta de que aquilo não era verdade. Nem um pouco. Ele nunca se divertira tanto, mal tivera tempo de se lembrar da namorada. Mas agora, um pensamento: Rosana jamais poderia ficar sabendo do que tinha acontecido na casa do Juca. Nem Rosana, nem ninguém.

— Por falar nisso — ela continuou —, se você não estiver muito cansado de festas, tenho um convite.

— Ah, é?

— O pessoal do terceiro ano é quem está promovendo. Vai ser na casa de um deles, não sei direito ainda. Uma amiga convidou a gente. O que você acha?

— Topo, sim. Quando é?

— No próximo sábado.

— Pode confirmar.

— Tá certo. A gente se fala na escola amanhã cedo?

— Lógico! Tô morrendo de saudades, Rosana!

— Eu também.

gustavo

Nem de longe os convidados se pareciam com aqueles da festa do Juca. Alguns eram amigos, pessoas conhecidas, a maioria do mesmo colégio. Entre eles estava Gustavo, um garoto do primeiro ano do Ensino Médio. Fabiano não tinha muita amizade com ele, trocavam uma palavra ou outra de vez em quando, nada mais.

Num determinado momento, Fabiano notou que Gustavo conversava discretamente com um rapaz. Fabiano não conhecia, não tinha a certeza se ele era da escola. Enquanto Gustavo falava, esticava o pescoço para os lados, dando a impressão de que procurava saber se era ou não observado.

Um instante depois, Gustavo passou alguma coisa para as mãos do desconhecido. O rapaz enfiou o conteúdo no bolso e saiu. Gustavo foi para o lado oposto.

— Rosana... — disse Fabiano, os olhos no garoto do primeiro ano. — Espera um pouco, tá?

— Aonde você vai?

— Vou ao banheiro. Já volto.

Fabiano deu um beijo em Rosana e foi até o jardim. Gustavo estava lá, escondido atrás de alguns arbustos.

Fabiano sussurrou:

— Gustavo!

O garoto virou-se rapidamente, num sobressalto.

— Que susto, cara! O que... O que você tá fazendo aqui?

— E você? Faz o quê?

O rapaz deu um sorriso de lado, uma cara meio maliciosa, e mostrou o pacotinho com a maconha.

— Sabia! Também quero.

— Tá legal, senta aí.

Fabiano esperou o amigo acender. Estava ansioso.

— Não sabia que você também fumava — disse Gustavo.

— Só às vezes.

— Eu também. Pra relaxar. Tem hora que não dá pra ficar sem.

— Verdade.

Os dois ficaram quietos por um tempo.

— Quem era aquele cara que você tava conversando lá dentro? — Fabiano perguntou.

— Um amigo. Passei um pouco do bagulho pra ele.

— Onde arrumou?

— Comprei.

— Onde?

— Não adianta te contar, a polícia estourou o ponto. Era numa clínica de repouso abandonada. O cara ficou de entrar em contato comigo, depois te falo.

— Tá legal. Mas fala mesmo, hein? Tô precisando, não tenho de quem comprar.

— Pode deixar.

Fabiano entrou e logo avistou Rosana num canto, conversando com umas amigas. Ao passar por uma mesa, serviu-se de um copo de bebida antes de ir falar com ela. Tomou vários goles de uma vez. E então foi.

— Você demorou, Fabiano. Tudo bem?

— Claro! Vamos dançar?

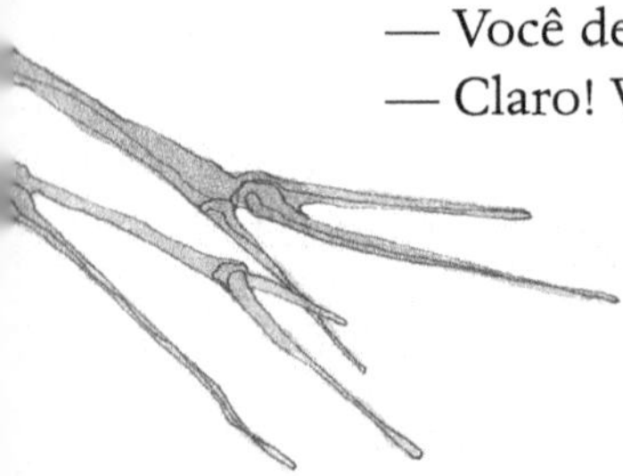

ponto

O prédio era velho, na esquina. Havia nele duas portas de ferro, uma em cada lateral. O telhado avançava a estrutura, formando uma espécie de varanda, que abrigava uma mesa de bilhar de um lado e duas mesinhas com algumas cadeiras velhas de outro. Uma pequena lousa, apoiada no chão de cerâmica velha e desbotada, trazia alguns preços: cerveja, refrigerante de dois litros, copo de pinga.

A pintura deveria, um dia, ter sido branca. Pouco se via. A maior parte da parede estava descascada e, em alguns pedaços, os tijolos aparecendo. Em cima de uma das portas, uma placa: Temos café. Mais adiante, as letras maiores, em destaque, outra: BAR DO JOÃO.

Não havia muita gente ali. Dois homens com cigarros

pendurados no canto da boca jogando bilhar; um casal tomando uma cerveja numa das mesinhas. A moça vestia uma minissaia *jeans* curtíssima e uma blusinha vermelha, tinha os olhos pintados, esmalte e batom combinando com a blusa. Os cabelos também eram dessa mesma cor, bem curtos. Dentro do bar, um garoto aparentando uns doze anos conversava com aquele que parecia ser o dono.

Fabiano sentiu-se receoso; o amigo, não. Gustavo entrou na frente, dirigindo-se até o balcão.

— O Ricardo já apareceu?

O dono do bar encarou Gustavo. Não disse nada.

— Foi ele que marcou aqui comigo.

— Hã...

O homem deu mais uma olhada minuciosa nos dois, medindo bem. Só então respondeu:

— Ainda não. Senta aí e espera.

— Tá legal.

Foram até a mesinha desocupada. Fabiano esticou o pescoço na direção do amigo, falando baixo:

— Que lugar, hein, Gustavo?

— Tô acostumado. Pelo jeito, você nunca foi a uma boca de fumo.

— Pra dizer a verdade, não.

— Quando a gente tá mesmo a fim, cara, se enfia em qualquer buraco. Já cheguei a andar quilômetros debaixo de chuva, nem te conto.

Sem que Fabiano e Gustavo notassem, um rapaz acabava de chegar pelos fundos, por uma porta atrás do balcão que dava para uma espécie de quintal. Não havia muita coisa lá: o mato crescendo, uma bananeira e um pé de limão.

O dono do bar apontou com a cabeça os meninos sentados na varanda. Ricardo olhou. Cochicharam um pouco mais e Ricardo fez um sinal que sim, tudo bem, tudo certo. Em seguida, dirigiu-se à mesa.

— Gustavo... — balbuciou o rapaz.

Gustavo se levantou na mesma hora e começou a falar:

— E aí, cara? Eu não disse que achava? Deu trabalho, a clínica era mais à mão, mas...

Gustavo percebeu os olhos de Ricardo fixos em Fabiano. Achou melhor explicar:

— Ah! Este é o Fabiano, cara. Um colega meu. Veio ver se você arruma o bagulho pra ele também.

— Entreguem o dinheiro e vão andando. Passo por vocês daqui a um tempo, no quarteirão de cima.

— Tá legal.

Os garotos seguiram as instruções. Fabiano ainda receoso, um gelo no estômago. Que lugar, pensou, que lugar. Momentos depois, Ricardo apareceu. Fabiano e Gustavo pegaram a droga e partiram em busca de um lugar discreto para usá-la.

Quando Ricardo voltou ao bar, Cris o esperava na mesinha antes ocupada pelos dois garotos.

— Gente nova, amor?

— Amigo do Gustavo. Fica fria.

— Fico com medo dos homens aparecerem de novo. Tenho pavor de delegacia, você sabe.

— Não esquenta, Cris! Sou escolado! Quantas vezes fui parar em delegacia? Era juiz me vigiando, não podia nem faltar na escola. De tempos em tempos tinha que ir lá, me apresentar. Já te contei por quê?

— Já.

— Como pode, né mesmo? A própria mãe entregar o filho... Só por causa de umas migalhas que tirei de casa. Tô nem aí. Ela que se dane também! Não tenho medo de nada não, amor. Eu sei me virar.

— Mesmo assim fico preocupada, Ricardo. Não quero te perder.

— Ih... Não é que hoje você tá muito sentimental! O que é que é isso? Vem cá, eu separei umas pedras pra nós. E me dá um beijo que esse medo todo passa já, já.

quintal

Fabiano chegou tarde em casa. Sandra quis saber onde ele estava.

— Por aí, mãe.

— Por aí, onde?

— Na casa do Gustavo, um amigo da escola. Tá tudo bem. Fica fria.

— Está certo, Fabiano. Mas pelo menos me avisa antes de sair, né? Chego do trabalho e não te encontro, a Lídia e o Marcelo não sabendo de nada... Quer me matar de preocupação, menino?!

— A Rosana me ligou?

— Ah... Ligou, sim. Pediu para você retornar.

— Vou tomar um banho primeiro.

Nessa noite, Fabiano sonhou com Rosana.

Os dois, num dos bancos do pátio da escola. Um beijo atrás do outro, superapaixonado. De repente, sem mais nem menos, Fabiano tira a erva do bolso, enrola e acende. Na frente dela, tudo normal, tranquilo. Mas, num segundo, aparecem dois brutamontes dizendo-se inspetores de alunos e que têm de levá-lo à polícia. Nisso, chega Ricardo e carrega Rosana com ele. Ela se deixar levar. Mais. Enlaça o braço no pescoço dele, deita a cabeça em seu ombro. Sorrindo, fecha os olhos.

Fabiano acordou no meio da noite, assustado, o coração aos pulos, uma falta de ar. Sentou-se na cama. As imagens foram se desenhando devagar, aos poucos ganhando um sentido. Ao enxergar a cena toda, o quadro completo, quase soltou uma gargalhada.

— Sonho doido, meu!

Levantou-se para tomar água e ao voltar abriu a porta do guarda-roupa. Tirou uns livros de cima e viu. Lá estava ela, toda a erva que tinha comprado de Ricardo. Ficou tentado a acender um. Mas, ali? No quarto? Muito arriscado, mesmo o quarto sendo só dele.

Descalço, de bermuda e sem camisa, foi para o quintal. Não tão escuro, a luz da lua contornando as paredes, algumas plantas e objetos. Fabiano ficou lá, quieto, fumando. Que vontade de rir. E se a mãe aparecesse? Ela desmaiaria. Tapou a boca para evitar outra gargalhada.

No dia seguinte, Fabiano não foi para a escola. Quando Sandra foi chamá-lo, ele estava de bruços, a cabeça enfiada debaixo do travesseiro. Sandra deu uma sacudida no filho.

— Não quero ir, mãe.

— Como, não quer? Está se sentindo bem?

Silêncio.

— Fabiano! Responde! Preciso ir trabalhar!

— Vai.

— O que é que você tem?

— Nada. Tô com sono. Me deixa dormir!

Sandra olhou o relógio. O que estava acontecendo com o filho?

— Tudo bem — ela finalmente disse. — Mas se não melhorar, me ligue. Posso marcar um médico pra você.

— Não quero médico. Quero dormir.

Fabiano levantou-se perto da hora do almoço. Sandra apareceu um pouco mais cedo, pensou que o filho pudesse estar doente. Foi fazendo perguntas, querendo saber. E o garoto dizendo o tempo todo que estava bem. E que ela parasse com aquilo porque ele não aguentava mais dar sempre a mesma resposta. Que encheção.

À tarde, Fabiano telefonou para a namorada.

— Achei estranho, você não é de faltar...

— Acordei com dor de cabeça, Rô. Só isso. A gente pode se ver hoje à noite? Nossa, tô com uma saudade... Quero te abraçar bem apertado, te dar um beijo bem gostoso...

— Ah, também senti tanto a sua falta! Até comentei com a Cíntia. Você vem aqui em casa, então?

— Vou. Chego aí lá pelas oito.

— Vai treinar à tarde?

— Treinar?

— É. Hoje não é dia de treino na escola?

Fabiano nem se lembrara disso. Pensou nos amigos do vôlei. Estava se cansando de todos eles.

— Não sei se eu vou.

— Por quê? Não passou a dor de cabeça?

— Ah, passou sim, mas... É que aqueles caras são meio babacas, sabe?

— Que caras?

— O pessoal do time.

— Nossa, Fabiano! Não eram seus amigos?

Ele desconversou:

— É que eu tenho um outro compromisso hoje à tarde.

Rosana ficou em silêncio, tentando compreender. Babacas? Que papo era aquele?

Fabiano continuou:

— Já marquei com o Gustavo mais uns outros caras aí.

— Hã...

— A gente vai dar uma volta. O Gustavo tem uns amigos que dirigem, vai ser legal. Meu pai bem que poderia me emprestar o carro também, você não acha? Ele não vive me perguntando se eu tô precisando de alguma coisa? Pois então?

estranho

Pouco a pouco, Fabiano foi deixando os antigos amigos de lado. Definitivamente, não tinha mais nada a ver com eles. Chegara a ter algum dia? Não sabia responder. Tinha vezes que achava que não, que o pessoal do vôlei, da classe, nunca havia realmente se importado com ele. Não eram amigos, eram colegas. Existia uma diferença aí. Mas, tudo bem, sem problema. Sua turma agora era outra.

A mãe estranhava. Nunca tinha visto aquelas pessoas que agora frequentavam a sua casa. Vinham chamá-lo à tarde, à noite, e Fabiano saía, mesmo contra a vontade dela.

Lídia estava na sala com Sandra, quando Fabiano passou feito um furacão. Vivia assim o menino.

— Já tô indo, mãe.

— Espera um pouco, Fabiano!

— Ih, mãe... Não posso. O pessoal tá me esperando. Tô com pressa, tá legal?

E foi logo fechando a porta, interrompendo ali qualquer possível comentário.

Lídia não se conteve:

— Mãe, esse menino anda muito folgado, não acha?

Sandra olhou a filha demoradamente. Parecia cansada.

— Ele está ficando diferente, Lídia.

— Ah, isso eu também acho! Já cansei de te falar que o Fabiano não cresce. Só que agora sou eu que tô ficando cheia dele! Outro dia parecia um louco gritando comigo.

— Gritando?

— É. E pra falar a verdade eu nem sei bem o porquê. Cismou que eu tinha mexido nas coisas dele. Vê se pode! Pra que é que eu ia querer entrar no quarto dele e ficar fuçando, mãe? Menino maluco...

— Ele também está mudado com o Marcelo?

— Ah... não sei. Por que você não pergunta pra ele?

Marcelo já estava dormindo. Mas havia uma pessoa que não estava.

— Alô!

— Osvaldo...

— Sandra?

— Sim, Osvaldo. Sou eu.

— Como vai? Aconteceu alguma coisa?

— Mais ou menos. É o Fabiano. Ele anda estranho.

— Estranho? Estranho, como?

— Ah... tem faltado nos treinos, coisa que ele adorava e não deixava de ir nem por decreto. Também não para mais em casa.

— Isso até que é bom, Sandra. Não era você mesma que vivia me dizendo que o Fabiano não se enturmava muito bem...

— Pois é, Osvaldo. Pois é. Só que agora ele se enturmou demais. E com outras pessoas, esse é que é o problema. E eu nem sei quem são! Só conheço o Gustavo, que agora não sai aqui de casa. Já chegou até a dormir aqui. Não se desgrudam.

— Gustavo?

— É lá da escola, um ano mais velho. Mas o problema são os outros. Uns rapazes meio mal-encarados, uns até com mais de dezoito anos... Estou preocupada.

— É... Preciso ter uma conversa com ele. Outro dia me telefonou para pedir o carro emprestado. Vê se tem cabimento! Vamos fazer o seguinte, Sandra: amanhã passo na escola e o levo para almoçar.

— Faça isso, Osvaldo.

— E não se preocupe tanto. É só uma fase, tenho certeza.

encontro

— Fabiano! — Osvaldo gritou entre os estudantes que se aglomeravam no portão de saída da escola.

O garoto olhou para trás, parou de caminhar. Osvaldo aproximou-se.

— Oi, pai.

— Oi, filho! Vim buscá-lo para almoçar comigo.

— Hoje?

— Agora. Qual é o problema?

— É que... Hoje não vai dar. Combinei com o Gustavo, ele vai passar em casa daqui a pouco. Quem sabe amanhã? Liga pra mim depois.

Fabiano foi dando as costas, mudando os passos.

— Espera, Fabiano.

Ele olhou para trás.

— Venha cá um pouco. Quero falar com você.

Fabiano ficou parado um instante, depois voltou devagar, sem vontade.

— O que é que está acontecendo, filho?

— Nada, ué! Quem é que disse que tá acontecendo alguma coisa?

— Você anda diferente.

— Eu? Diferente? Maluquice sua. Tô do mesmo jeito de sempre.

— Sua mãe falou que tem umas pessoas vindo procurar você em casa. Quem são?

Fabiano deu um risinho irônico. Olhou para o lado. Pergunta mais sem cabimento essa, absurda.

Voltou-se para o pai:

— São meus amigos, ora!

— De onde?

— Como, de onde?

— Onde é que você conheceu essa gente toda?

— Olha aqui, pai, posso saber por que tanta pergunta? Não tô entendendo.

— Tem algum problema no fato de eu saber quem são seus amigos?

— Não. Mas eu não tô gostando desse interrogatório.

— Então, responde. Só quero saber se conheço seus colegas, os pais deles...

— Há! Essa é boa! Não, pai, você não conhece. Talvez o Gustavo. Ele estuda aqui. Os outros são amigos dele e meus também agora. São caras legais. Gostam de mim e eu deles. Satisfeito agora? Preciso ir.

— Será que são legais mesmo, Fabiano? — Osvaldo demorou um pouco para continuar. — Você está me escondendo alguma coisa?

— Escondendo? Escondendo o quê?

— Não sei. Por isso estou perguntando.

— Que escondendo que nada, pai! Desencana!

Osvaldo ficou em silêncio enquanto observava o filho. Media o jeito, o olhar. Sandra tinha razão. Estranho, sim.

— Pronto? Posso ir? Tô com pressa, pai. Tchau!

formatura

O final do ano chegou e com ele a formatura. Até onde Fabiano conseguia se lembrar, achou tudo muito chato. A única coisa boa era a presença de Rosana na festa. E ela estava linda. Deslumbrante.

— Você se produziu mesmo, hein?

— Gostou?

— E como! — abraçou-a.

Sem tirar os braços da cintura dela, Fabiano disse:

— Se não fosse por você, eu estaria apenas como convidado nesta festa.

— Ah, Fabiano!

— É, sim! Quase levo bomba, você sabe. Ainda bem que me deu umas aulas particulares.

— Também, você relaxou tanto neste último semestre!

Fabiano não disse nada. Rosana ficou olhando bem dentro dos olhos dele. E recomeçou, medindo as palavras:

— Fabiano, eu não queria falar disso agora, mas já que foi você quem tocou nesse assunto... Eu queria te pedir...

— Pedir o quê?

— No ano que vem...

— O que é que tem no ano que vem?

— Procura levar mais a sério...

Ele soltou os braços da cintura dela e a encarou de um modo frio. Bravo.

— Você não é minha mãe!

Rosana olhou para Fabiano aturdida. Que tom de voz era aquele?

— E você é um estúpido!

A menina virou as costas e saiu. Fabiano ficou extremamente irritado. Não lhe faltava mais nada agora, nada! A Rosana querendo posar de dona da verdade. Deixe estar, pensou. Ela acabaria se arrependendo. Quem é que gostava de ouvir sermão? Ela gostava?

Fabiano procurou Gustavo.

— Que foi? — o amigo perguntou. Fabiano não tinha uma cara muito boa.

— Depois te conto. Vamos lá fora, tô precisando relaxar um pouco.

Minutos depois, ao retornar ao salão e passar por um garçom, Fabiano pegou uma bebida e saiu andando à procura da namorada. Nesse meio-tempo, Osvaldo o encontrou.

— Bebendo, Fabiano?

O garoto deu um risinho com o canto dos lábios, a resposta saiu meio disfarçada, embolada.

— Só hoje, pai. É... é pra comemorar.

Fabiano deu um passo para o lado, na intenção de seguir adiante. Não queria que o pai ficasse lhe fazendo uma pergunta atrás da outra, já tinha explicado o que ele queria, pronto, acabou.

Inútil. Osvaldo segurou-o pelo braço.

— Olhe pra mim.

O garoto mirou primeiro aquela mão agarrada ao seu corpo. Quem o pai pensava que era para agir daquela maneira? Pensava que ele tinha a idade do Marcelo?

— Fabiano. Estou esperando.

Lentamente, o garoto foi levantando a cabeça.

— Seus olhos estão vermelhos. Por quê?

— Ah...

— Fala.

— Sei lá, pai! Saí lá fora e... Acho que entrou alguma coisa no meu olho e eu cocei. Deve ser isso. Posso ir?

Osvaldo ainda o deteve por alguns segundos. Ficou assim, prestando atenção. Fabiano fazendo uma cara de que estava tudo na mais completa normalidade.

— Posso?

A mão de Osvaldo se abriu. Fabiano deu um sorriso totalmente forçado e se afastou, fechando a cara tão logo deu as costas para o pai. Atravessou a pista de dança e rapidamente desapareceu, irritado. Irritado, porque o pai estava cada dia mais chato. Irritado, porque não conseguia encontrar Rosana de jeito nenhum.

— Onde se meteu essa garota?

Encontrou-a, finalmente, ao girar o pescoço mais uma vez. Rosana e Cíntia, perto do banheiro feminino. Foi ao encontro dela.

— Desculpa — ele já chegou pedindo, a voz mansa, o toque suave em seus cabelos.

Rosana não deu resposta. Cíntia fez um tchauzinho para a amiga, uma cara de quem parecia desejar boa sorte. E saiu.

— Desculpa, poxa! — falou mais alto. — Não quis ser grosso com você. É que...

— Você anda muito mudado, Fabiano.

— É impressão sua, Rô. Só porque falei daquele jeito... Não sei por que eu falei. Tava com a cabeça em outro lugar. Esquece, vai!

— Não é só por isso. Anda mudado, sim. No seu jeito, em tudo o que anda fazendo... Até mesmo com a escola. E não é só a escola. Tem o treino de vôlei. Você adorava, de repente deixou de ir... Seu treinador disse...

— Não me interessa o que ele disse. Só porque cansei de jogar vôlei não significa...

— Mas você amava o vôlei, Fabiano!

— E daí? Não posso simplesmente deixar de gostar? Tenho que gostar de tudo pra sempre? Que droga!

— Assim como deixou de gostar de mim?

— Hã? Do que é que você tá falando, Rosana?

— Tô falando que você não me ama mais.

— Tá maluca? É claro que eu te amo!

— Pois não parece. Tem hora que fica comigo com o pensamento tão longe...

— Rosana — Fabiano passou a mão no rosto dela, fez um carinho. — Não vamos brigar... Por favor.

Fabiano foi chegando perto, beijando-lhe suavemente o rosto, a nuca, depois a boca.

Ele olhou para Rosana, mexeu em seus cabelos, colocando-os para trás. Um lado, depois o outro. Sorriu.

— Eu te amo muito, Rô. Você tem que acreditar em mim. Por favor...

— Eu também te amo. Por isso mesmo não quero que nada de ruim te aconteça.

— Tira essas coisas da sua cabeça, amor. Não vai acontecer nada comigo. Nada.

vacilo

A rua era calma, de pouco movimento. Sentado na calçada, ao lado de Gustavo, Fabiano sentia a fumaça tomar conta de seu corpo. Num gesto lento, sem olhar diretamente o amigo, Fabiano passou-lhe o baseado. Em seguida, ergueu um pouco a cabeça. E fechou os olhos.

— Tá calado hoje — observou Gustavo. — Que foi?

— Sei lá. Muita cobrança, eu acho.

— Não esquenta, cara.

— Não esquento. Só queria ter um pouco mais de sossego na minha vida. Fica todo mundo me sufocando.

Fabiano abriu os olhos, encarou o amigo.

— Até a Rosana resolveu implicar comigo agora.

— É por isso que prefiro ficar sozinho. Não tô a fim de rolo pro meu lado. Tô fora!

Fabiano pegou o baseado e tornou a olhar para a frente.

— Mas eu gosto dela.

Durante alguns minutos permaneceram em silêncio. Um carro passou, uma bicicleta. Depois, o deserto. Fabiano se levantou.

— Tô indo, Gustavo. Daqui a pouco a minha mãe chega do trabalho e aí é mais pegação no pé. Não tô a fim de ouvir nada hoje.

— Vou esperar uns cinco minutos, fiquei de passar na casa do Rafa daqui a pouco.

— Tá.

Fabiano andara apenas uns poucos metros quando avistou a viatura da polícia vindo na direção contrária. Gelou. Uma pressão no peito fez seu coração pular. Tinha a impressão de que o carro pararia assim que se aproximasse dele. Mas não. A viatura passou reto. E Fabiano acelerou o passo ao mesmo tempo que olhava para trás. Para o Gustavo.

O carro chegou até o amigo antes que ele se erguesse da calçada completamente. Fabiano ainda andando, aflito, os olhos um pouco à frente, um pouco atrás. Dois homens descendo, Gustavo levantando os braços, e aqueles dois o revistando. Fabiano parou atrás de uma árvore. O que é que eles estão fazendo? O que vão fazer? Respirou fundo, tentando se acalmar, mas estava difícil. Imaginava-se indo, imaginava-se ficando, e agora? Ir até lá? Correr? Sumir? E Gustavo entrando na viatura, o carro acelerando, partindo. Sem que Fabiano tivesse se mexido. Sem que tivesse feito nada. Nada.

Fabiano correu, apesar da tontura, dos pensamentos embaralhando tudo, do medo. E agora o Gustavo? Para onde?

Chegou em casa meio pálido, atravessou a sala sem falar com ninguém, foi direto para o quarto. Andou em círculos. Alguém bateu à porta.

— Você está bem, Fabiano?

Ele não respondeu.

— Fabiano!

— Tá, mãe! Já cheguei, não viu? Me deixa quieto aqui!

Me deixa aqui com a minha consciência, o meu remorso, pensou. Claro, porque deveria ter voltado. Deixou o melhor amigo ser preso! Preso! Não tinha cabimento uma coisa dessas! Mas o que é que ele poderia fazer? E se a polícia viesse falar com a sua mãe? Aí sim, a casa cairia, aí sim não teria mais sossego. Nunca, nunca. E por causa disso prefere ver o Gustavo preso? Aquela coisa do antes ele do que eu? Não, claro que não! Quem é que pensa assim? Quem? Quem disse que o Gustavo tinha sido preso?

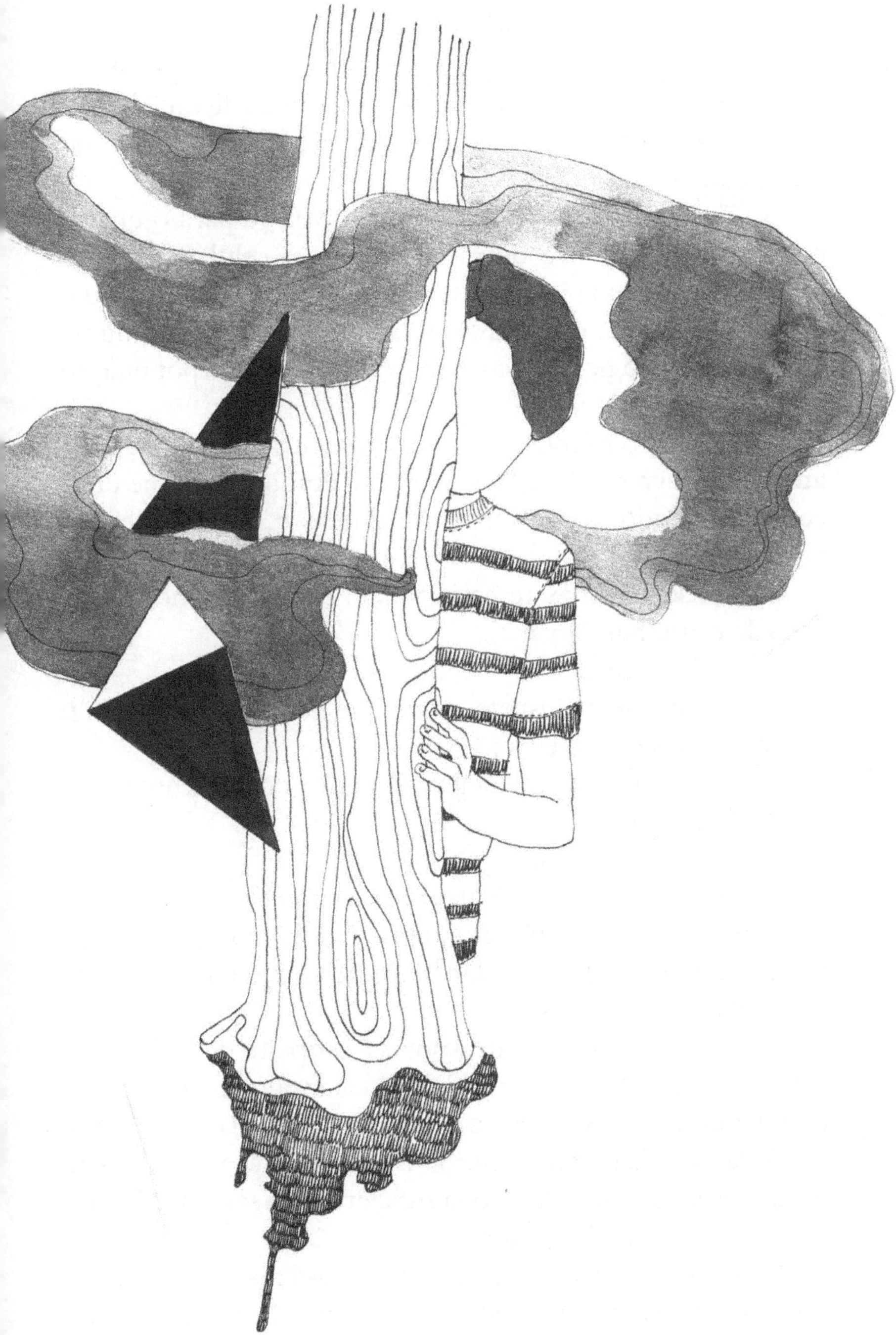

Fabiano abriu a porta e saiu, apressado, ficou feliz por não ter encontrado ninguém no caminho. Não queria ver ninguém.

Foi até a cozinha, tomou água, voltou para o quarto e trancou-se lá dentro outra vez. Pegou o celular, olhou as horas, mais de uma já havia se passado desde então. Jogou o aparelho na cama e se atirou nela, deitando a cabeça numa almofada. Ficou pensando e pensando, nem sabia por quanto tempo.

Discou o número do celular do Gustavo. Ele não iria atender, estava na cara. Deveriam ter tirado o telefone dele, confiscado tudo, como é mesmo que as coisas aconteciam nessas horas?

No segundo ou terceiro toque, o amigo atendeu. Um jeito de estranhar. Normal.

— Fala, cara.

— Gustavo! Gustavo, achei que não fosse atender, eu pensei... O que aconteceu? Conta!

— Os homens me pegaram com a erva que eu ia dar pro Rafa, só isso.

— Como, só isso?

— Me trouxeram aqui em casa, conversaram com os meus pais, queriam saber de quem eu tinha comprado. Não falei, é lógico. Nem vou falar. Você acha que tenho cara de suspeito?

— Hã? Como assim, suspeito? Suspeito de quê?

— Sei lá. Cara de bandido. Eles foram chegando, me mandando virar pro muro, me revistando. Deviam achar que eu tinha cara de bandido, claro. Mas deixa pra lá. Fica frio, tá tudo certo. Eu não tinha droga suficiente pra ser considerado um traficante ou algo assim.

— Tudo certo? Puxa, eu aqui quase maluco! — Fabiano deu um suspiro profundo — Gustavo... Desculpa, Gustavo. Devia ter voltado, eu sei, mas...

— Não ia adiantar.

— Ia, sim. Pra mim, ia. Poxa! Vi os caras te levando, me deu um sufoco! Pensei que iam te prender, te bater, sei lá! Sei lá, cara, tanta coisa me passou pela cabeça, tanta! Só sei que... só sei que me senti muito mal, Gustavo. Desculpa.

— Para de pedir desculpa, Fabiano! Eu sei que se a coisa fosse séria você estaria ali pra me ajudar. Se você voltasse, eles iam te trazer pra casa também e aí já viu sua mãe.

Outro suspiro.

— E o que foi que os seus pais falaram?

— Ah, um monte de coisas. Resumindo: disseram pros policiais que vão ficar de olho em mim daqui pra frente. Agora vou desligar, Fabiano. Minha mãe tá vindo aí, ela tá cismada comigo. Na escola a gente conversa melhor.

proposta

Otávio ligou numa tarde dessas para falar com Fabiano. Ele escutou tudo o que o primo queria e depois disse:

— Você acha que o meu pai vai permitir, Otávio? Cai na real, cara!

— Você tem que dar um jeito! Já falei com os meus amigos. Tá todo mundo querendo conhecer a sua chácara. Coisa de cinema, eu disse.

— Como você é exagerado.

— Falei que você topava, que era só marcar a data.

— É claro que eu topo, Otávio, você sabe. Mas a chácara não é minha!

— Pois convença o seu pai. Fala pra ele que aquela porcaria fica abandonada mesmo! Que é que tem de mais o filho dar uma festinha no fim de semana? Vamos lá, cara! Você tem que conseguir, você tem! Pensou? Um fim de semana só nosso? Vai ser muito melhor do que a festa na casa do Juca!

Fabiano lembrou-se daquela festa. Tanta loucura. Nunca mais tinha cheirado cocaína depois daquele dia.

— Não sei, Otávio... Vou tentar, mas não prometo nada.

— Te ligo amanhã.

— Não. Melhor depois de amanhã, na quinta. Vou falar com o meu pai.

— Olha aqui, Fabiano. Se ele quiser ir junto, você despacha, hein? Não tem cabimento o velho lá!

— Claro!

— Nem a Lídia ou o Marcelo, tá legal? Eles contam tudo pro seu pai depois.

— Não precisava nem falar.

— Te ligo na quinta. Força aí!

Estavam todos jantando, quando Fabiano começou a conversa sem rodeios, direto ao ponto.

— Quero dar uma festa na chácara.

Lídia parou o garfo no ar. Marcelo disse:

— Oba! Também quero ir!

— Cala a boca, Marcelo! Essa festa não é pro seu bico! — retrucou Fabiano.

— Que tipo de festa? — Sandra perguntou, séria.

— Festa, mãe — Fabiano também sério. — Festa é festa.

— Bom, qualquer fim de semana nós...

— Nós não, mãe. *Eu* quero dar a festa. Sozinho.

— Nem pensar! — falou no mesmo instante. — Veja se você tem tamanho pra ir sozinho pra chácara.

Fabiano foi cínico:

— Não vou sozinho, mãe. Terei convidados.

Sandra colocou o guardanapo sobre a mesa.

— Escuta aqui, Fabiano. Se você quer dar uma festa, ótimo. Vamos todos à chácara. Eu não preciso ficar onde vocês estiverem, aquele lugar é imenso. Mas é preciso um adulto por lá.

— Tem o seu José e a dona Carmelina — Fabiano zombou outra vez.

Sandra não gostou.

— Você está brincando, não é?

— Tô brincando nada, mãe! Quero dar a festa. Se é por causa de um adulto presente, por falta de um lá tem dois!

— Já disse que não.

— Vocês me tratam feito criança! Eu cresci, caramba! Vou falar com o meu pai. Você não manda. A chácara é dele.

— Fabiano! — Sandra bateu as mãos na mesa. Mas não deu tempo de dizer mais nada. Fabiano foi até o quarto, tirou seu pacotinho de dentro do guarda-roupa e então saiu, batendo a porta da sala.

mesmice

Osvaldo achou estranho quando Fabiano apareceu na imobiliária.

— Você por aqui, filho? Senta aí.

O rapaz fingiu não ter ouvido. Ficou em pé, em frente à mesa de Osvaldo.

— Pai, quero dar uma festa na chácara.

Osvaldo deu um suspiro. Recostou-se na cadeira, deixando cair sobre a mesa a caneta que segurava.

— Já sei dessa história. Sua mãe me ligou ontem à noite. Disse que você saiu batendo a porta... O que é isso, filho? Cadê a educação que nós lhe demos?

Novamente, Fabiano fez que não ouviu.

— Por favor, pai! Não é muita gente, só alguns amigos, o cara do som. A gente compra as bebidas, uns salgados...

— Que tipo de bebida? — perguntou Osvaldo.

— Só refrigerante. Eu juro.

— Sei...

— Deixa, pai! Não vai acontecer nada de mais! Você me leva à tarde, depois volta. No domingo à noite você ou a mãe me buscam. Só um fim de semana, que é que tem? Poxa! Eu já tenho quinze anos!

— E você acha que quinze anos é muita coisa?

— Pra mim é. Por favor, pai!

Osvaldo demorou um instante para responder.

— Vou falar com a sua mãe. Não vou tomar essa decisão sozinho, está bem claro?

— Legal! — Fabiano foi até Osvaldo e lhe deu um beijo.

— Olha aqui, Fabiano. Mesmo se nós concordarmos, se, entendeu bem? Se concordarmos, quero uma lista completa de quem vai.

— Tudo bem. Faço a lista. É o pessoal da escola, um ou outro amigo de fora, só. Fica sossegado.

— Vamos ver... Vamos ver...

— Você é muito legal, pai!

E outro beijo.

Quando Otávio ligou na quinta-feira, Fabiano já tinha a resposta.

Otávio comemorou:

— Que ótimo, cara! Vou avisar todo mundo!

— Otávio, não leva muita gente, tá? Não falei nada pra minha mãe que você ia. Sei lá, achei melhor falar que era só o pessoal da escola.

— Fica frio. Umas oito, dez pessoas, por aí. Tem uns amigos que eu quero convidar. Você vai gostar deles.

— Tá certo. Pode deixar que eu compro a comida pro churrasco e...

— E...?

— Bom.

— Bom o quê, Fabiano? Como você gosta de enrolar, meu!

— O refrigerante.

— Ah... — Otávio riu. — Tudo bem, *priminho*. Eu levo algumas garrafas de qualquer coisa.

— Você entende... Se eu falasse pro meu pai que ia levar bebida alcoólica...

— Tá... tá... — Otávio ainda ria. Como ele conseguia ser tão irritante às vezes? — A gente indo já tá beleza!

balada

Sábado. Seis da tarde. Osvaldo tinha acabado de deixar Fabiano, Gustavo e mais um outro amigo na chácara. Despediu-se do filho, conversou um pouco com seu José e então pegou a estrada.

Chegando em São Paulo, telefonou para Sandra:

— Tudo em ordem, Sandra. Quando eu saí, ainda faltavam chegar algumas pessoas, mas creio que não teremos problema.

— Sei... Fico preocupada assim mesmo.

— Amanhã à tarde vou buscá-lo. Fique tranquila. O seu José e a dona Carmelina estão lá. Qualquer coisa eles ligam.

— Osvaldo?

— O que é?

— Você se importa se eu for junto?

— Claro que não, Sandra. Passo aí por volta das quatro horas, está bem?

— Combinado.

Otávio e a sua turma chegaram horas depois da saída de Osvaldo. Perto das nove da noite. Uma caravana de carros e motocicletas atravessou o portão da chácara, deixando seu José e dona Carmelina boquiabertos.

Fabiano achou melhor explicar:

— É que eles se perderam no caminho... Por isso o atraso.

Os primeiros da fila eram Otávio e Ana de moto. Na sequência, mais duas motos e quatro carros.

Fabiano ficou louco da vida. Otávio escutou a bronca assim que parou a moto:

— Você não me disse que eram oito ou dez pessoas?

Otávio deu de ombros. Foi tirando o capacete, arrumando o cabelo.

— Cara, eu convidei oito. Não tenho culpa se eles se lembraram de mais oito e mais oito...

— Que mancada, Otávio. Meu pai vai ficar sabendo disso. Tô ferrado.

— Esquece seu pai, Fabiano! Esquece! Mas me fala aí. E a sua gata?

— A Rosana? Ah... — fez uma cara de decepção. — Ela não pôde vir. A mãe dela não deixou.

— Paciência, meu caro.

O pessoal foi entrando, ajeitando as coisas, ligando o som. Um som alto, que chegava à casa do seu José. A mulher reclamou. Ouviu do marido:

— Deixa eles, Carmelina. A juventude gosta de ouvir música no último.

Lá embaixo, perto da piscina, Otávio falou:

— Tenho uma novidade, primo! Você vai gostar.

— Ah, é? O quê?

Otávio mostrou a Fabiano a pedra de *crack*.

— Tá fumando *crack* agora?

Então Otávio contou sobre as mudanças ocorridas desde a última vez que se encontraram. Que a maconha já não surtia mais o mesmo efeito de antes. Que fumava um, dois, às vezes quatro baseados e ainda assim... Andava preferindo coisa mais forte. A cocaína. O *crack*.

Fabiano não pensou tanto quanto da primeira vez, Otávio lhe oferecendo o primeiro baseado da sua vida. Nessa mesma chácara, debaixo da mangueira, no escuro, escondido. Diferente de agora. Agora faria o que quisesse, o que bem entendesse. Estava ali para curtir a festa. Ao máximo. Na piscina, no jardim, na sala, no quarto, no banheiro. Onde preferisse.

E Fabiano fumou a pedra com Otávio. E perguntou se ele tinha trazido cocaína também. Sim, claro que sim. A droga preferida da Ana.

A namorada logo apareceu procurando Otávio.

— Você sumiu... — foi abraçando e beijando, carregando-o para dentro da casa.

Fabiano também entrou. Lá, a música alta, o ritmo acelerado. Da música, das pessoas. Fabiano dançou junto deles, eufórico, agitado. O coração assim. A adrenalina a mil. Com todos a mesma coisa. Sono? Cansaço? Nada, nada. Dançavam como nunca, uma disposição fora do normal.

Quando foi perto das cinco e meia da manhã, alguém apareceu com a sugestão. Que fossem para a piscina, não era uma boa ideia? Esse calor insuportável. Vamos, vamos... E algumas pessoas foram tirando as roupas, largando tudo pelo chão, entrando na água só com as peças íntimas.

Dona Carmelina e seu José praticamente sem dormir até aquela hora. Ela pensando, imaginando uma solução. Porque aquilo já tinha se tornado um problema. Um problema. Aquele barulho estava passando dos limites.

— Não é melhor telefonar pra dona Sandra?

— A essa hora? Tá doida, mulher! Hoje mesmo ela vem aí e a gente conta. Ou não conta, sei lá — avaliou seu José. Duvidoso, temeroso.

— Ah, eu vou contar sim, senhor! Onde é que já se viu! Uma bagunça dessas! Se a gente tivesse um vizinho próximo ele já teria reclamado. Ouve só a altura dessa música! E cada música doida!

Dentro e fora da água, no gramado e no parquinho, na casa. Os convidados todos muito à vontade. E então copos foram parar na piscina, a maçaneta do vestiário acabou arrebentada, as flores — que flores? — pisoteadas, arrancadas.

No parque, um dos garotos balançava-se em pé no assento do balanço, segurando-se nas correntes. O brinquedo não aguentou o peso, quebrou. Ele ralou o cotovelo, bateu a boca numa pedra. Cortou de leve, nada grave.

À beira da piscina, Ana resolveu beber na garrafa um resto de vodca. O resto era quase meia garrafa. Acompanhou o ritmo da música, ergueu os braços, a garrafa, girou. Girou, girou, rodopiando como bailarina. Extasiada, a música embalando. Deixou de lado a garrafa vazia, começou um *striptease*.

Otávio estava no banheiro nessa hora. Só depois viu a cena. Começada, não concluída. Deu uma corrida, empurrou a namorada dentro da água, caindo junto.

— Ai, seu maluco! — ela reclamou, rindo muito, nem ligando.

— Eu, né?

Ana abraçou o namorado, beijou. Otávio girou o pescoço, deu um grito:

— Traz uma toalha, Fabiano!

Dona Carmelina não aguentava mais o barulho e resolveu descer até a casa. Colocou seu penhoar e foi, mesmo contra a vontade do seu José. Quando apareceu, Otávio estava tirando Ana da água, enrolando-a numa toalha. A mulher arregalou os olhos, quase desmaiou.

— Fabiano! — ela chama. Brava. Furiosa. O que é que é aquilo, minha Nossa Senhora?

O garoto olha para trás, vê a caseira. Ele também bravo, furioso. Mais ainda. Coloca a sua raiva na cara da mulher:

— Vai embora! Ninguém te chamou aqui! Some!

Dona Carmelina não teve reação. Não com palavras.

Subiu correndo para sua casa, chorando muito. Desconsolada. Não acreditando. Aquele menino assim? O Fabiano que conhecia desde...?

No domingo, por volta das cinco horas da tarde, chegaram os pais de Fabiano. Vieram o caminho todo conversando, quase apostando. O que os garotos faziam àquela hora?

— Na piscina.

— Jogando vôlei.

— Terminando o churrasco?

O que viram não foi nada disso.

choque

— Tudo bem por aqui? — Osvaldo perguntou ao seu José, o portão se abrindo.

O caseiro não respondeu. Ficou olhando. Olhando. Estudando o melhor jeito de contar.

— Seu José — Sandra insistiu. — Aconteceu alguma coisa?

— Nem sei como começar...

Osvaldo e Sandra levaram um susto. Claro que alguma coisa grave tinha acontecido. Dona Carmelina apareceu, os olhos vermelhos. Tinha chorado outra vez.

— Pelo amor de Deus, gente! O que houve? — era Sandra novamente.

Dona Carmelina foi falando aos poucos:

— Eles... quebraram um monte de coisas... Tinha uma garota nua na piscina...

— Garota? — Osvaldo estranhou. — Não havia nenhuma garota aqui quando fui embora!

— Eu não sei como vocês vão encontrar tudo lá embaixo...

Osvaldo engatou a marcha do carro e acelerou, a roda patinando sobre a grama, a sua cabeça girando mais.

A casa estava silenciosa. Silêncio de algo errado. Cheiro de algo errado. Sandra e Osvaldo foram descendo do carro, examinando, não acreditando.

— Tudo destruído! Eu não acredito! Não acredito! — Sandra falou, o desalento sufocando a voz.

Na pia da cozinha, a carne que eles tinham comprado.

— Nem fizeram o churrasco! — falou Osvaldo.

Andaram um pedaço e viram. Esparramados pelo chão, deitados uns sobre os outros. Na sala, na varanda. Osvaldo e

Sandra pulavam os garotos como se saltassem obstáculos. Num canto, deitado todo torto, estava Gustavo.

— Cadê o Fabiano? — perguntou Sandra.

Ela foi andando um pouco mais. No corredor dos quartos, um rapaz encostado na parede, as pernas largadas, a cabeça pendida, os olhos abertos não olhando lugar nenhum.

— Não é possível! Este menino está morto! Morto! — as palavras explodiram da sua boca, sem querer.

Sandra correu para os quartos. Abriu porta por porta, um desespero já. O que encontraria? Tinha medo de pensar. Pavor. Num deles, achou Fabiano com uma menina. Dormindo. Ou desmaiados. Mortos? Sandra colocou a mão na boca para não dar um grito. Osvaldo sim, gritou. Mandou todos se levantarem.

Fabiano foi ouvindo os gritos, enxergando os pais ao lado dele dando ordens e mais ordens. O que é que eles faziam ali, juntos? Estavam mesmo ali, não estavam? Ou seria uma alucinação?

Sandra saiu. Osvaldo arrancou Fabiano da cama. Tentou colocá-lo em pé, mas as pernas do garoto fraquejavam. Osvaldo sustentou o corpo do filho, chacoalhou.

— Fabiano! Fabiano!

Sandra voltou logo, chamando Osvaldo.

— Que foi? — ele perguntou.

— Venha ver.

Osvaldo largou Fabiano, que imediatamente foi ao chão. Sandra lhe mostrou o sobrinho, num outro quarto, também com uma garota.

— O Otávio? — Osvaldo admirou-se.

— Você sabia que ele vinha?

— Eu? Claro que não! O Fabiano não me disse nada!

— Desgraçado! Só pode ser culpa dele. E olhe só! — Sandra apontava algumas pessoas deitadas pelo corredor. — Quem é que trouxe toda essa gente? Quem?

— Posso apostar que vieram com esse infeliz!

— A culpa é dele! É dele! — gritou Sandra. — Esse menino não vale nada, eu sei! O pior é que está levando nosso filho junto! Precisamos fazer alguma coisa, Osvaldo! Pelo amor de Deus!

— Calma, Sandra. Depois a gente vê isso. Precisamos acordar o Fabiano. Acordar todo mundo!

O pessoal foi se levantando. Tinham recebido a ordem para irem embora imediatamente. Que ligassem para os pais, fossem a pé, dessem um jeito. Os donos da chácara não queriam saber de mais ninguém ali.

Mas antes:

— Quero falar com você, Otávio.

— Tio, não tô a fim...

— A fim ou não vai ter que me ouvir! — ele gritou. — Quem é essa gente?

— Eles já tão de saída, não é, pessoal?

Os amigos do Otávio foram entrando em seus carros, subindo nas motocicletas. Acharam até que tudo correra bem, porque pelo menos não tinha aparecido polícia.

Ana saiu do quarto, foi para junto do Otávio. Ele a abraçou.

— Minha namorada, tia.

Sandra nem olhou para ela. Um ódio.

— Pegue suas coisas, Otávio, sua namorada, e suma da minha chácara e da vida do meu filho! — ordenou Osvaldo.

— Tá legal, tio. Já tô indo... Já tô indo...

Fabiano ficou sozinho com os pais. Osvaldo segurou-o pelo braço.

— Olhe bem pra mim, Fabiano.

O pai não estava para brincadeira. Achou melhor não desobedecer. Mas acontece que ele mal conseguia segurar os olhos abertos. O pai não poderia dar um tempo até que ficasse melhor? Sentia a cabeça pesada, querendo despencar do pescoço. E as pernas. Logo, logo iria cair.

Mas o pai não esperou.

— Olhos vermelhos. Por quê? Já lhe fiz essa pergunta antes, está lembrado? Vai falar o que agora? Estava andando, entrou um cisco, coçou... hein, Fabiano! Responda! — Osvaldo deu uma sacudida no filho.

— Eu tô limpo, pai... São eles... Foram eles... Eu...

Sandra sentiu-se tonta. Cadê o chão? Uma loucura. Não poderia acreditar que Fabiano tivesse usado droga. O Fabiano, não. O Fabiano, não. Osvaldo desabou no sofá. Chorou. Arrasado, desconsolado.

Fabiano nunca tinha visto o pai chorar tanto daquele jeito. Não que se lembrasse. Sentiu uma tristeza grande. Uma depressão. Sua cabeça indo para longe... Será que o Otávio lhe arranjaria outra pedra? Mas cadê o Otávio? Pegaria mais cocaína com o Juca, então. O Juca também já tinha ido embora? Porcaria. Porcaria. Cadê todo mundo? Precisava procurar o Ricardo amanhã. O Ricardo. Amanhã.

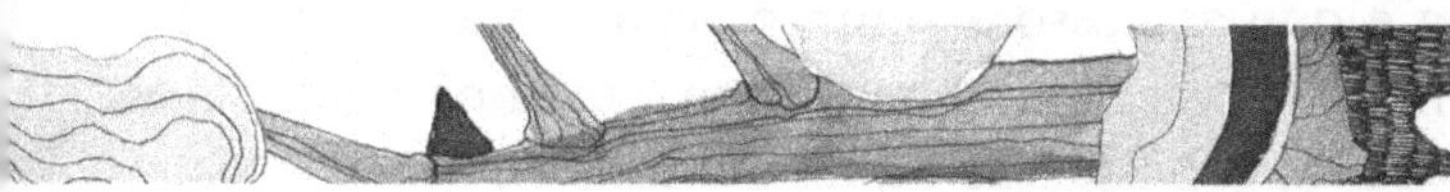

barra

Osvaldo e Sandra demoraram um pouco para se acalmar. E quando isso finalmente aconteceu, chegaram à conclusão de que era melhor ir embora logo de uma vez e conversar mais com o filho depois.

Foi o que fizeram. Passaram pela casa do caseiro sem parar, nem se despediram. Queriam sair daquele lugar o quanto antes.

Em casa, Fabiano escutava tudo de cabeça baixa, sem dizer nada.

— Fabiano, é melhor você falar. Você usou droga, não usou?

— Que é isso, pai? Só bebi um pouquinho além da conta. Acredite em mim!

Sandra aproximou-se do filho.

— Por favor, Fabiano, então prometa que não vai beber mais. Olha o estado em que você ficou! Não é possível uma coisa dessas!

— Eu prometo. Já prometi! Não faço outra coisa desde a hora em que chegamos, poxa!

Sandra procurou acreditar. Osvaldo tentou, mas no fundo sabia que o filho estava mentindo.

Quando Fabiano conversou com Rosana na escola, ela já estava sabendo que a festa na chácara não tinha sido bem do jeito que ele lhe falara que seria. Ela quis saber:

— Por que você não me contou que ia tanta gente assim?

— E quem é que disse pra você que foi tanta gente assim?

— Ora, Fabiano! As pessoas comentam, o que você acha?

— Bom, eu não convidei. Falei a verdade pra você. O problema é que as pessoas sempre acham que podem chamar quem elas quiserem. Olha, Rosana, melhor a gente mudar de assunto. Já basta que fiquei ouvindo dos meus pais...

— Ouvindo o quê?

— Ouvindo que era muita gente. Ouvindo que o pessoal bagunçou a chácara. Ouvindo isso.

— Ah...

Os meses foram passando e Fabiano começou a faltar na escola com mais frequência. Certa vez, uma de suas professoras o chamou na saída das aulas. Fez perguntas, quis saber o motivo para tantas faltas. Problemas? Doente? O quê? E Fabiano: nada, nada. Não é nada.

Quando Fabiano encontrou Gustavo, chegou bravo. Irritado. Falando grosso.

— Que droga! Que droga!

— Que foi, cara?

— Esses professores resolveram ficar torrando a minha paciência! Por que não me deixam quieto, na minha?

Gustavo deu um suspiro.

— Também andam no meu pé, cara. Mas eu não esquento, tiro de letra.

— Ah! Deixa pra lá. Como é, trouxe a farinha?

— Claro, não prometi?

Fabiano girou o pescoço para os lados, observou. Ninguém olhando. Pegou o papelote das mãos de Gustavo e enquanto guardava no bolso, falou, num tom de lamento:

— Eu ia lá com você, eu ia, mas a minha mãe tá fogo. Pior que todos esses professores juntos!

— Ela continua no seu pé?

Fabiano balançou a cabeça afirmativamente:

— Tenho que inventar quinhentas desculpas pra sair.

— Eu sei como é.

— Gustavo, depois eu te pago, tá legal? Se eu pedisse mais dinheiro pra minha mãe aposto que ela ia querer saber onde eu gastei toda a mesada.

— Fica frio, cara.

— Olha, eu vou indo. Não posso nem demorar, que ela fica me enchendo depois. Tô por aqui com todo mundo. Por aqui!

Fabiano chegou em casa, agitado. Passou feito um furacão por Lídia, esbarrando nela.

— Ai, menino! Como você tá estúpido!

— Não enche, Lídia! Tô com pressa.

Fabiano foi para o seu quarto e trancou a porta. Abriu o papelote em cima da escrivaninha, esparramou a droga e em seguida cheirou.

No minuto seguinte, escutou o toque:

— Abra a porta, Fabiano! Quero falar com você!

— Depois, mãe. Depois!

Fabiano ouviu a voz de Marcelo do outro lado. Pelo jeito, a família toda estava reunida atrás da porta. Um complô.

— O Fabiano tá tão esquisito, mãe!

— Esquisito tá o seu nariz, moleque!

Eram duas horas da tarde. Fabiano já estava de saída quando a campainha tocou. Ele atendeu. Ficou surpreso.

— Pai? A mãe já foi trabalhar.

— Não vim falar com sua mãe. Preciso falar com você. Estou vindo da sua escola.

Fabiano deu as costas. Será possível que essa história não teria mais fim? Que dia! Que dia!

Osvaldo foi atrás dele, obrigando-o a se sentar no sofá.

— Precisamos conversar, Fabiano. Sua mãe está cansada de ser chamada na escola. O que é isso, meu filho? É uma reclamação atrás da outra!

— Olha, pai, aquele pessoal...

— Escuta aqui, Fabiano. Ou você começa a estudar direitinho ou acabou o dinheiro, entendeu bem? Não vai receber mais nenhum centavo meu!

Fabiano tentou apaziguar:

— Tá legal, pai. Fica frio.

— Você está usando droga, Fabiano.

— Eu? Claro que não! Que loucura!

— Não minta pra mim!

— Não tô mentindo! O que eu posso fazer se você não acredita?

Silêncio. Osvaldo sentia-se exausto. Não queria brigar. Tentou retomar a conversa, com mais calma.

— Está difícil acreditar em você, filho.

Fabiano quieto, a cabeça baixa.

— Por que anda matando aula?

— Ah... me desculpa isso também. Não vai acontecer mais, eu juro! Ando um pouco cansado da escola, só isso. Mas vou melhorar. Eu prometo.

— Tem ficado onde quando não vai à escola?

— Como, onde? Eu volto pra casa, ora essa!

— Mentira! A Sueli me disse que você só volta na hora do almoço.

— Mentira dela, isso sim! Você prefere acreditar numa empregada do que no seu filho?

Osvaldo respirou fundo outra vez. Difícil.

— Por favor, Fabiano. Quero ser seu amigo.

— Tudo bem, pai. Somos amigos. Tá contente agora?

bomba

Mais um final de ano se aproximava e tudo ia se complicando. Estava difícil para Fabiano se concentrar nos estudos, ele não tinha discernimento das coisas nem uma boa memória.

Rosana insistia em lhe dar aulas particulares, mas Fabiano não queria mais, simplesmente não conseguia. Por isso, pouco a pouco, ele foi desistindo. Até que aconteceu o que todos já esperavam: foi reprovado.

Rosana tinha a certeza de que Fabiano estava envolvido com drogas. Perguntava, ele dizia que não. Se não era isso, era o quê?

— Por favor, Fabiano. Confie em mim!

— Não há nada. Que mania você tem de ficar me perguntando isso toda hora!

— Mas, Fabiano! Você tá outra pessoa! Até marca comigo de ir em casa e não aparece! Não me ama mais, então?

— Não é nada disso, Rosana! Quer saber? Vocês todos estão me cansando. Não tô aguentando mais, sabia? Vou embora. Outra hora a gente se fala, tá legal?

No pátio da escola, de longe, Cíntia viu Fabiano se distanciando. Rosana no mesmo lugar feito uma estátua. Certeza de que tinham brigado outra vez. Agora era assim.

Cíntia aproximou-se da amiga. Rosana ainda com o olhar distante, no namorado.

— Por que não se separa dele, Rosana?

— Hã?

— Você ouviu o que eu disse.

Rosana deu um suspiro. Qual a resposta possível? Existiria uma resposta?

— Ah, amiga...

— Vai ficar namorando um drogado, Rosana? Não tem medo?

— Medo de quê, Cíntia? Ele não é nenhum bandido!

— Sei lá! De repente pode se tornar violento...

— Não, nunca. O problema é que...

— Que...?

— Ele não admite pra mim que usa, Cíntia. Nem usa na minha frente.

— Mas tá na cara.

— Eu sei, eu sei... Mas o que é que eu posso fazer? Se eu não gostasse dele, mas eu gosto. Eu amo o Fabiano! Queria ajudar... Não sei...

— Só que se ele continuar desse jeito...

Cíntia interrompeu a frase, arrependida de ter começado.

— Desculpa, Rosana. Quem sou eu pra ficar falando tudo isso... Tô te deixando pior.

Rosana deu um sorriso. Colocou a mão no ombro dela.

— Você é minha amiga. Alguém em quem eu confio.

Cíntia sorriu também. Deu-lhe um beijo.

— Ah, Rosana! Tenho tanta pena...

A menina ergueu o rosto.

— Quer saber, Cíntia? Eu não vou deixar. O Fabiano

vai ter que sair dessa de qualquer jeito! Escuta o que eu tô dizendo. Ele vai!

desespero

Numa das tardes em que procurou Ricardo, Fabiano reparou em Cris. Ela estava ainda mais magra.

Nesse dia, Fabiano comprou *crack* e cocaína. Estava tão desesperado que guardou a pedra e cheirou a cocaína ali mesmo no bar.

O dinheiro da mesada tinha ficado curto agora. Inventava uma desculpa atrás da outra, nem sabia mais como ser criativo. Uma vez estava sem nada na carteira e pediu para a mãe, dizendo que queria cortar o cabelo. Foi até o Ricardo e comprou a droga, gastando todo o dinheiro. O problema é que precisava aparecer em casa com o cabelo cortado. Então, foi a um barbeiro, no mesmo bairro do Bar do João, e cortou. Na hora de pagar, disse que trazia depois. E correu. O homem ainda gritou uma porção de palavrões.

Certa noite, Marcelo procurou a mãe. Sandra lia jornal no quarto. O garoto não disse nada, sentou-se num canto da cama e ficou aguardando. Sandra pôs os olhos nele, sorriu. E voltou a se concentrar na leitura. Marcelo permaneceu ali, calado. Observando.

Sandra perguntou:

— Você quer alguma coisa, filho?

— Mãe...

— O que foi?

Em vez de falar, Marcelo abriu uma das mãos.

— Achei nas coisas do Fabiano. Não quis mexer, só fui procurar uma borracha e...

— *Crack*? Você encontrou isso nas coisas do Fabiano?

Ele balançou a cabeça, dizendo que sim.

Sandra largou tudo esparramado sobre a cama, correu para procurar o filho. Não estava no quarto, nem no banheiro ou na sala. Um desespero foi encharcando o seu rosto, a cabeça rodando mais que tudo.

Encontrou Lídia na cozinha.

— Cadê o Fabiano?

— Saiu. Por quê?

— Não! — Sandra deixou seu corpo cair numa cadeira e chorou ainda mais. Lídia sentou-se ao lado dela, preocupada, sem compreender.

— O que foi, mãe? O que aconteceu?

E então ela mostrou a pedra.

— O que é isso? É *crack*?

Sandra não respondeu, deitou a cabeça entre os braços, debruçando-se na mesa.

Lídia correu ao telefone:

— Pai, dá pra você vir pra cá? A mamãe tá chorando muito... É, pai. O Fabiano. Vem logo, por favor!

Quando Fabiano abriu a porta da sala, Osvaldo e Sandra o aguardavam. Queriam saber sobre a pedra.

— Não é minha. Guardei pra um amigo.

— Chega de mentira, Fabiano! — intimidou o pai.

— Eu juro!

— Você vai ficar sem dinheiro a partir de hoje! Tudo o que quiser comprar terá que pedir pra mim, entendeu?

— Mas, pai! Vocês não tão acreditando em mim! Não tão!

— Daqui pra frente é melhor pedir dinheiro quando precisar. A mesada acabou! — decidiu Osvaldo.

Sandra aproximou-se do filho, abraçou-o, a voz branda:

— Fabiano, pare de andar com essa turma que...

Ele tirou os braços da mãe. Um ódio. Queria distância.

— São meus amigos. E vocês vão ter que aceitar! Vão ter!

Não muito tempo depois disso, Lídia aguardava Sandra chegar do trabalho. Séria.

— Que foi, Lídia?

— Meu anel sumiu. Aquele de ouro que você me deu no Natal.

— Não acredito! Já procurou direito?

— Já. Deixei hoje de manhã em cima da minha cômoda. Tenho certeza.

— Deve estar por aí, depois eu te ajudo...

Lídia segurou Sandra pelo braço, impedindo-lhe a passagem.

— Mãe. Você sabe quem pegou.

— Como, eu sei? O que é que você está querendo dizer com isso, Lídia?

— Mãe, o Fabiano...

— Você está achando que foi seu irmão? Lídia!

Já era tarde, entretanto Lídia não quis dormir. Não tinha sono, tinha um assunto a resolver.

Quando ouviu o ruído da porta, ela correu.

— Cadê meu anel, Fabiano?

— Anel? Que anel? Não sei do que você tá falando.

— Claro que sabe.

— Não sei! Some da minha frente e me deixa passar! Vá cuidar da sua vida!

O irmão foi atravessando a sala, Lídia foi atrás:

— Fabiano, por que não deixa a gente te ajudar?

Ele virou-se.

— Ajudar em quê? Acorda, cara! Se liga! Não preciso de ajuda. Preciso que vocês todos me deixem em paz! É disso que eu preciso.

diretoria

Num certo dia, Sandra foi chamada à escola para conversar com o diretor.

— Seu Marcos, eu sei que o Fabiano tem dado trabalho, mas ele me prometeu...

— Dona Sandra, me escute. Preste bem atenção no que vou lhe dizer. Conversei com alguns professores sobre o seu filho. Não se trata apenas da questão das notas e faltas, a senhora sabe — e ficou olhando-a, como se esperasse uma continuação da parte dela.

Mas Sandra apenas disse:

— Não estou entendendo o que...

— Há algum tempo os professores vêm tentando um diálogo com o Fabiano. Mas ele não quer se abrir com ninguém. Nunca quis. Nem mesmo com o professor de Educação Física, com quem ele mais tinha contato.

— Olha, seu Marcos...

— O Fabiano está usando drogas, não está?

Sandra sentiu um gelo no estômago. A resposta demorou um pouco a sair.

— Bom... Ele sempre me diz que não, que são os amigos... Eu peço para ele mudar de companhia, mas...

— É melhor enxergar a realidade, dona Sandra.

Sandra sentiu-se ofendida:

— O que o senhor quer dizer com isso? Que eu sou uma alienada?

— Claro que não. Me desculpe se passei essa impressão. É que eu vejo muita coisa aqui na escola, sei da dificuldade de alguns pais em aceitar que o filho esteja com esse tipo de problema. Mas o que eu quero dizer, dona Sandra, é que o Fabiano precisa de ajuda. Ajuda mesmo. E urgente, eu diria — ele tirou um papel que estava dentro de uma agenda. — Tenho comigo alguns endereços. Se a senhora quiser...

Sandra esticou o braço lentamente e apanhou o papel. Começou a ler os nomes de uma lista comprida, interminável, os seus dias haviam se tornado assim. O que era aquilo meu Deus do céu, o quê? O primeiro nome, Narcóticos Anônimos. O Fabiano? O Fabiano precisando disso? Sua vida tinha virado de cabeça para baixo de uma vez.

Lá fora, no pátio, Fabiano e Rosana. Ele não parecia nada bem.

— Esses professores linguarudos... Vivem me dedurando! Que é que ganham com isso, me fala? Depois, a minha mãe fica no meu pé, não aguento mais! Não aguento!

Rosana tocou o rosto dele, suavemente.

— Fabiano! Olha pra mim! Você precisa sair desse mundo...

— Que mundo? Tá todo mundo contra mim, isso sim! Pensa que eu não sei? O diretor tá lá com a minha mãe, inventando um monte de coisas, falando o diabo a meu respeito! Que droga! Vou embora.

Fabiano começou a se levantar. Rosana o segurou pelo braço.

— Se você for embora, não precisa mais falar comigo!

— O quê?

— Tô cansada, Fabiano. Cansada! Não tô aguentando

mais essa situação. Fico em casa, te espero, você não aparece, ou se atrasa... Chega num estado! Nem disfarça mais!

Fabiano não se compadeceu.

— Vou embora.

— E eu já disse o que vai acontecer se fizer isso.

Ele deu um suspiro fundo, soltou o ar de uma vez.

— Então, é nesse pé em que você coloca as coisas?

Rosana passou a mão pela testa, apertou os olhos. Uma lágrima fez um caminho no rosto. Quente. Transtornado. Perderia Fabiano. Sim, perderia... Quando tudo aquilo tinha começado? Quando? Parecia tudo tão perfeito, maravilhoso...

Fabiano olhou-a com desprezo.

— Tô caindo fora, Rosana.

troca

Fabiano não foi para casa, foi direto ao Bar do João.

— Tô sem dinheiro, Ricardo. Fica com meu tênis.

Fabiano começou a andar por aquele lugar sem um rumo certo. Não queria voltar para casa. Não, de jeito nenhum. Tinha vontade de sumir. Que bom se desaparecesse. Estava deprimido, arrasado, uma vontade louca de consumir o *crack* outra vez. Lembrava-se da briga com Rosana. Do diretor.

— Aquele imbecil... Imbecil!!! — gritou alto, no meio da rua.

Fabiano deu meia-volta, foi correndo para o bar. Tinha que conseguir outra pedra com Ricardo, tinha! Pagaria depois, voltaria com alguma coisa de valor caso o pai não lhe arrumasse o dinheiro. Voltaria com outro anel da Lídia.

— Ela tem tantos! Não vai fazer falta. Não vai! — outra vez falou alto.

Ricardo estava encostado no batente da porta, abraçado a Cris. De vez em quando, um beijo apaixonado na boca da namorada. Fabiano podia vê-los rindo, felizes.

— Por que é que a Rosana não me entende assim? Por quê?

Quando Fabiano ia atravessar a rua, um carro em alta velocidade o fez recuar. O motorista viu Ricardo, brecou instantaneamente. Uns homens mal-encarados, armas para fora da janela. E tiros. Tiros.

Ricardo entrou correndo. Cris não conseguiu se mexer, ficou estática. Do outro lado, Fabiano, quase sem respirar, as pernas bambas.

Os homens desceram. O carro no meio da rua, as duas portas abertas, o motor funcionando. Entraram todos de uma vez, em disparada. Uns cinco, armados até os dentes. Passaram pela Cris como se ela não existisse. Não era ela que eles queriam.

O dono do bar, ao escutar os primeiros estampidos, abaixou-se atrás do balcão e engatinhou até a porta dos fundos. Esticou os braços, alcançou a maçaneta, girou. Sem se levantar, arrastou-se para fora feito um lagarto e ficou escondido atrás da bananeira.

Ricardo não teve a mesma sorte. Traidor!, um deles gritou. Traidor!, enquanto descarregava a arma no garoto. Pareciam milhares de tiros. Fabiano nunca assistira a uma cena como essa. Nunca. Quem dera fosse um desses violentos filmes da tevê. Briga de gangues. Guerra. Mas não. Não.

Mais um segundo e todos no carro já, o som alto do pneu riscando o asfalto. Cris no mesmo lugar. Paralisada. Um cadáver escorado na porta, de tão magra. O rosto inexpressivo, a menina em estado de choque.

O dono do bar puxou Ricardo pelos dois pés, arrastando-o para fora. O corpo de Ricardo fez um caminho de sangue pelo chão do bar. Fabiano virou as costas imediatamente. E correu. Correu, correu. Não queria ver mais nada. Tapou os ouvidos. O estampido dos tiros ainda azucrinando a sua cabeça, o asfalto machucando-lhe os pés.

Olhava para trás e via aqueles homens com suas metralhadoras atrás dele. Agora era ele que queriam. Ele! Ele!

— Eu não tenho nada comigo! Não tenho nada!

Mas ali não havia ninguém.

As pessoas que passavam não entendiam o que estava acontecendo com o garoto.

Fabiano atravessou correndo uma rua, quase foi atropelado. Escutou alguém brecar. O barulho do pneu queimando no asfalto quente era ensurdecedor. Estava certo de que era o carro dos traficantes.

— Não!!! — gritou outra vez.

Quando não aguentou mais, desmaiou na calçada.

No carro, um de seus colegas, que logo o reconheceu. Abriu a porta e saiu na mesma hora. Passou a mão por baixo da nuca de Fabiano, tentando acordá-lo.

— Fabiano! Que aconteceu, cara?

O garoto abriu os olhos lentamente. Mas não conseguiu dizer nada. Estava muito fraco.

— Que foi? — o amigo insistiu.

— Os caras... Eles tão vindo...

— Que caras, meu? A polícia?

— Não... Não é a polícia...

Fabiano não falava coisa com coisa, e o rapaz achou melhor tirá-lo dali, antes que a polícia aparecesse e o fizesse. Carregou-o até o carro, colocando-o no banco de trás.

— Vou levar você pra casa.

— Os caras... Eles vão me pegar...

— Que caras, Fabiano?

— Os que acabaram com o Ricardo. Eu vi... Vi tudo... Era só sangue... Sangue...

— O Ricardo? Que mancada! Eu tava justamente indo

pra lá! — o amigo mostrou-se muito preocupado. — Essa foi mal... Onde é que vou arrumar o bagulho agora?

impotência

Na casa de Fabiano, Sandra andava de um lado para o outro, aflita. Quando soube que o filho deixara a escola sem esperá-la, foi direto para casa achando que ele já estivesse lá. Em vão. Passou a mão no telefone, ligou para o Osvaldo na imobiliária. Ninguém sabia dele. E ela não sabia mais o que fazer. Em que pensar.

Estava com a lista de nomes nas mãos. A lista que o diretor tinha lhe dado. Urgente, urgente...

Precisava conversar com Fabiano. Quem sabe também com a Márcia, sua irmã? Nunca mais tinham se falado desde aquela festa na chácara. Fabiano e o sobrinho, aquela loucura que não gostava de lembrar. Nem por um segundo.

Contara a ela sobre Otávio e os outros garotos, amigos dele.

— Foi o Otávio que levou aquele monte de gente estranha lá pra chácara, Márcia. O Otávio!

— Por que, estranha? Você também já está com implicância!

— Implicância? Até parece. É que você não viu o estado em que ficou tudo, por isso fala desse jeito, nessa calma.

— Olha, Sandra, o Fabiano é mais novo, você ainda não está acostumada com festas, baladas... Mas eu te digo uma coisa: o Otávio não usa drogas. Está certo que ele gosta de farrear, beber um pouquinho, nada de mais. Isso é normal.

Sandra desviou seus pensamentos da irmã porque a campainha soou. Foi correndo atender. Viu o filho amparado no ombro do amigo, mais morto que vivo. O rapaz despejou

Fabiano no sofá, e então ela se agachou, envolvendo o corpo dele em seus braços. Não disse nada ao amigo de Fabiano, sequer percebeu quando ele saiu. Sandra não queria brigar com ninguém, não queria falar nada. Só queria o filho vivo.

Em poucos dias, Fabiano já arrumara outro fornecedor de drogas e voltara à mesma vida de antes.

Sandra pedia ao filho que aceitasse ajuda, que a deixasse procurar um tratamento para ele. Fabiano dizia que não. Não precisava de nada. Só de mais dinheiro, sempre dinheiro.

Sandra procurou Rosana num dia desses. Quem sabe ela pudesse ajudá-la a convencer o filho?

— O Fabiano me deixou.

— Mas não é possível, Rosana! Ele adora você!

— Não adora mais. Ele fez a escolha dele.

— Não diga isso! Você está enganada, tenho certeza! Ele já desistiu de tanta coisa! Os estudos, o vôlei... Lembra de quando jogar era tudo pra ele?

Rosana suspirou. De saudade. É claro que se lembrava bem.

— Então, Rosana? Não pode ter desistido de você também, meu Deus do céu!

Rosana deu um tempo. Depois disse:

— Sandra, o Fabiano não percebe. Mas ele tá desistindo dele mesmo.

Sandra abraçou Rosana, um desespero ouvir aquilo. Chorou. Não só ela.

A mãe de Fabiano voltou para casa, mais desanimada que antes. Abriu a porta da sala devagar e do mesmo modo a fechou. Deixou a bolsa num canto do sofá, sentou-se ali também e ficou pensando. Pensando. Não fazia outra coisa ultimamente a não ser pensar. Lembrou-se de um amigo seu, psicólogo. Ligou para ele, que lhe indicou um terapeuta, especialista no assunto. Agendou um horário com ele para o dia seguinte.

— A gente pode interná-lo, não pode? — perguntou Sandra, num determinado momento da conversa. — Não consigo ver outra saída, não consigo.

— Isso não vai adiantar se ele não quiser. O Fabiano tem que encontrar motivação para deixar as drogas.

— Mas ele não quer! Não quer! E eu vou fazer o quê? Deixá-lo morrer?

— Sei que é uma situação difícil, mas digo isso porque tive dezenas de dependentes internados pelos pais. E sabe o que acontece na maioria das vezes? Eles fogem. Se arrebentam, pulam a janela, dão um jeito. Fogem e vão atrás do traficante. Por que não tenta trazê-lo aqui para eu conversar com ele?

Sandra balançou a cabeça. Um desânimo.

— Ele não vai querer...

— Tente convencê-lo, Sandra. Eu sei que não é fácil, mas pelo menos tente.

favela

Quarta-feira, duas da tarde. O movimento na favela era intenso. Um entra e sai de carros e motos, e Luca nas imediações, à espera, entregando encomendas feitas antes pelo telefone, ou então apenas vendendo na hora. Rotina.

A quadrilha que atuava dentro da favela era bem organizada. Grilo distribuía a droga, Luca era o encarregado de passá-la e receber o dinheiro, Nego era o responsável de dividi-lo no acerto de contas, mais tarde. Era o tesoureiro. Ainda havia alguns garotos trabalhando para o tráfico, em outros pontos estratégicos.

Luca acabara de vender cocaína a um rapaz, que pegou a droga e partiu. O ronco do motor do carro importado mexeu com a imaginação de Luca. Um dia, teria um desses também. Ah, se teria.

Nesse instante, uma moto estacionou perto. Um rapaz dirigindo, outro na garupa. Luca ficou parado por um instante, observando. No entanto, sua intuição o avisou de que havia algo errado ali. Claro que havia. Pressentindo isso, foi se afastando devagar, retornando a uma rua interna da favela. O motorista desceu da moto, o gesto lento. Depois, o garupa. E começaram a trilhar o mesmo caminho. A segui-lo. E então Luca compreendeu tudo. Não eram compradores. Eram da polícia.

Luca correu, gritando para alguém mais adiante, que logo gritou para um outro. Os dois homens da moto também correram, ao mesmo tempo que sacavam suas armas e atiravam. Luca virou-se para trás, sem parar de correr. E revidou. No mesmo instante, outros carros da polícia apareceram, todos descendo muito rapidamente e fazendo o cerco. Luca atirou de novo. Outros rapazes da favela vieram ajudar. E mais tiros vindo da polícia. Mais tiros vindo dos traficantes.

Uma bala acertou Luca. E uma outra atingiu um rapaz que acabava de chegar de moto, à procura de drogas. Luca tombou na rua e, praticamente na mesma hora, o mesmo ocorreu com o rapaz da moto. Os policiais foram invadindo, tomando conta da favela. O rapaz caído no asfalto, completamente ensanguentado já, as rodas da motocicleta ainda procurando o chão.

Dentro da favela, alguns dos envolvidos no tráfico estavam baleados; outros não resistiram à prisão. Foram baixando as armas, entregando-se. Uma mulher tentou esconder um punhado de drogas num buraco e fugiu. Em vão. Foi capturada minutos depois.

Os policiais apreenderam as drogas e o dinheiro encontrado. Depois de uma investigação extensa, meses e meses montando campana, a polícia tinha motivo de sobra para comemorar: a quadrilha do tráfico estava desmantelada naquele local.

Lá fora, uma porção de gente. Rodinha de curiosos que insistiam em ficar ali.

— Andem logo! O menino ainda está respirando!

O resgate já tinha sido chamado. Mais alguém ligou de novo. Não era possível essa demora! O garoto perdendo muito sangue, o ar passando por um fio. Ele por um fio.

O som alto da sirene diminuiu a agitação das pessoas. Saiam, saiam todos!, alguém vinha gritando, abrindo a passagem. Os primeiros socorros ainda ali, no chão. O garoto imóvel. Depois, a maca com a vítima, a vítima dentro da ambulância e a ambulância partindo. A sirene foi ficando longe. Longe, longe. Mais um pouco, um som mínimo, desaparecendo. Otávio quase sem respirar. Desaparecendo. O coração. Desaparecendo. O som da sirene tinha cessado completamente. Otávio sem vida já.

No velório, toda a família. Sandra abraçava Márcia, e não havia lugar para o rancor, raiva ou coisa parecida. Presente ali só mesmo a dor. Pela irmã, pelo sobrinho, pelo filho.

Fabiano não quis se aproximar do caixão. Ficou parado à porta, calado. Pensou em rezar. Não se lembrava mais como. Olhou para a tia. O tio chorando. A Júlia. Um lamento sem fim, uma angústia interminável.

De repente, todo aquele ambiente pesado, insuportavelmente carregado de sentimentos ruins, foi deixando-o mal. Fabiano sentia-se péssimo, deprimido. Não queria mais ficar ali. Precisava respirar. Precisava fumar uma pedra.

Deixou a sala do velório e caminhou. Sentou-se na grama, encostou-se no tronco de uma árvore, debaixo de uma sombra rala que tentava diminuir o calor da tarde.

Lembrou-se do Otávio. Da primeira vez em que estiveram juntos na chácara, debaixo da mangueira. A voz do primo não lhe saía da cabeça: "Não sou viciado. Se um dia eu quiser parar...", repetia... "Não sou...".

E repetia.

Tapou os ouvidos. Achou que nunca mais a voz do Otávio sairia da sua cabeça. Estava condenado. Era um condenado.

Fabiano olhou para trás. O enterro saindo, os tios segurando a alça do caixão. A mãe e o pai, Lídia e Marcelo logo atrás. Girou o pescoço, olhou de volta para a frente. Não conseguia acreditar que era o primo quem estava ali dentro. Não o Otávio, cheio de vida, bom de papo.

Sandra saiu do cortejo, veio lhe falar.

— Não vai se despedir do seu primo?

— Já me despedi. Que ele vá com Deus.

pior

— Fabiano, por favor! Vamos procurar um tratamento para você, meu filho!

— Não quero saber, mãe! Se você insistir, eu me mando, entendeu? Me mando!

— Pensei que depois da morte do Otávio...

— Esquece o Otávio, mãe. Acabou! Acabou! Não quero saber de tratamento nenhum. Eu tô bem, não preciso de nada!

Sandra esperava alguma mudança após a morte do sobrinho. Um caminho novo, diferente, quem sabe. Mas aconteceu exatamente o contrário: Fabiano desistiu de vez da escola e começou a passar o dia inteiro na rua. A cada toque do telefone, um sobressalto. Ela vivia assim agora, à espera de uma notícia ruim.

Fabiano não teve mais coragem de procurar Rosana. Às vezes, ficava escondido atrás de uma árvore, perto da casa dela. Quando Rosana chegava ou então saía, Fabiano dava meia-volta. Cabisbaixo, ia para casa. Era um fraco. O pior dos piores. Queria tanto falar com ela, tanto! Mas, como? Tudo se tornara impossível depois daquele dia na escola. Rosana tinha feito a escolha dela. Fabiano, a dele. Não tinha volta. Nem tudo na vida pode ser refeito, nem sempre há um retorno no caminho.

Fabiano sentia-se arrasado, em constante conflito. Ultimamente, era atormentado com pesadelos horríveis. Sonhava com Ricardo e os homens que o mataram. E ficava achando que logo seria a sua vez. Ele acordava, não sabendo o que era parte do sonho, o que era parte da realidade. Chorava baixinho, escondido. Nem sempre tinha alguma pedra em casa para tirá-lo daquela agonia. Então saía de madrugada mesmo, atrás de um pouco de qualquer droga que o tirasse daquele tormento.

As alucinações o acompanhavam sempre. Pessoas perseguindo-o, coisas tomando formas e vida, tudo atrás dele, enlouquecendo-o e trazendo-lhe a sensação de que a morte estava por perto. Quando seria o fim? Quando?

De repente, uma vaga lembrança. Era seu aniversário. Dezesseis anos. Estava pior.

— Quem é que quer comemorar uma droga de aniversário? Quem?

Fabiano sumiu logo no começo da noite. Queria esquecer pai, mãe, Rosana, Otávio, Ricardo. Se se esquecesse dele mesmo, tanto melhor. Um alívio.

Foi sozinho ao traficante, que lhe vendeu *crack* e cocaína.

De novo, a porcaria da lembrança.

— Não preciso de ninguém. Sou só eu! Eu e eu!

Fabiano estava triste e sozinho. Rodou pelas ruas, caminhou por algumas conhecidas. Até chegar lá.

Viu quando ela estava prestes a passar pelo portão. Gritou:

— Rosana!

Seu grito ecoou na rua silenciosa, mal iluminada. A

menina olhou. A sombra da árvore embaçava o rosto de Fabiano, mas ainda assim ela pôde reconhecê-lo. Devagar, fechou o portão semiaberto e começou a dar passos lentos na direção dele. Fabiano saiu da sombra. E ela viu aquela figura.

Como ele poderia ter mudado tanto em tão pouco tempo? Dois meses? Três? Fabiano estava mais magro, olheiras profundas, os olhos mal conseguindo se segurar abertos. Aqueles olhos lindos.

— Fabiano... Você tá bem?

— É meu aniversário.

Rosana olhou para ele como se recapitulasse alguma coisa. Claro que ela já sabia, lembrara-se disso pela manhã. E sentia saudades. Não desse Fabiano.

— Meus parabéns... — foi só o que conseguiu dizer.

Num ímpeto, Fabiano salta de onde está e vai para cima de Rosana. Um louco, parece. Ela se assusta, quase cai e no mesmo instante tenta empurrá-lo para longe. Mas Fabiano não deixa. Puxa seu pescoço, cola o rosto de Rosana no seu e a beija à força.

Rosana põe as duas mãos sobre o peito de Fabiano e, ficando a uma certa distância, ela diz:

— Você tá louco? Louco?

— Não! — e mais uma vez a ataca. — Mereço um presente. Quero você!

A garota tenta livrar-se dele, mas Fabiano a agarra ainda mais. Puxa-lhe a blusa, rasga um pouco perto do ombro. Louco, sim. Completamente fora de si.

— Me solta, Fabiano! Seu doente! Me solta!

— Não! — ele grita no meio daquela luta corporal. — Por que é que você não pode ficar comigo? Por quê?

— Fabiano, se você não me soltar, vou gritar pra toda vizinhança ouvir! Tô avisando!

Fabiano para. Tira as mãos da menina. E se afasta, dando dois passos para trás. Reconhece a derrota, a batalha perdida. Não conseguia encará-la mais, estava péssimo outra vez. Um lixo. Pior.

— Olhe pra você, Fabiano! — Rosana falou alto com ele. Estava enfezada.

Fabiano sentou-se na sarjeta, abaixou a cabeça entre os joelhos e juntou suas pernas com os braços. Fechou os olhos. Pior que lixo.

Rosana sentou-se ao seu lado. Colocou a mão sobre o braço dele, apertou forte, dando um chacoalhão.

— Olhe-se no espelho, Fabiano! Veja tudo o que você fez. Comigo, com a sua família... Destruiu todo mundo, você se destruiu! — falou alto a última frase.

Fabiano apertou os olhos, não disse nada. Não queria ouvir mais, queria sair correndo, correndo.

— Mas isso não importa, não é mesmo? — ela continuou. — Só as malditas drogas que te matam um pouco a cada dia. Quando será o fim, Fabiano?

Fabiano ainda sem qualquer reação.

— Eu jurei que não ia te deixar, jurei que eu ia lutar por você. Mas você não me deixou. Você me abandonou, se abandonou! Você não tem amor por ninguém. Não tem amor por você mesmo! Como vai me querer desse jeito?

Fabiano esforçou-se e levantou a cabeça. A voz saiu rouca, um espaço entre uma palavra e outra.

— Eu... te... amo...

Rosana não se comoveu.

— Você não ama ninguém. Uma pessoa que não se ama tá morta. Você é um cara morto! Morto!

— Rosana...

— Quando você quiser tentar sair dessa, pelo menos tentar, eu fico do seu lado. Só assim.

Rosana foi se levantando e deixando Fabiano sozinho. Jogou a última frase. Sem dó:

— Você tá morto, Fabiano!

fotografias

Fabiano andou cambaleando entre a calçada e a rua. Mais de uma vez tropeçou na sarjeta, quase caiu. A frase gravada, martelando:

"Você tá morto. Morto!"

Fabiano sentiu uma lágrima escorrer. E mais outra. Fechou os olhos, tentando se segurar parado, passou as mãos pelo rosto. O rosto quente, a vista embaçada, ele caminhando sob uma névoa, a vida seguindo no escuro. Como saber o próximo passo?

Um carro passou perto, buzinou. O motorista meteu bronca:

— Anda na calçada, ô! Quer morrer?

Morrer... morrer... Você tá morto!

Fabiano continuou do mesmo jeito, caminhando lentamente e sem firmeza. A mudança de passos exigia esforço, equilíbrio. Equilíbrio era o que menos tinha. Estava cansado. Muito cansado. Não só fisicamente. Não estava aguentando mais essa vida. Que vida?

Conseguiu chegar em casa não sabia como. Já era tarde. A mãe já deveria estar dormindo a essa hora. Ou ao menos tentando.

Entrou pela porta da sala, as pernas bobas, querendo se desintegrar, ele inteiro quase virando pó. Fechou a porta com as costas e assim deixou-se ficar por um instante, apoiado. Inspirou algumas vezes, expirou. Pendeu a cabeça para um lado, ficou mirando o vazio.

Ao trazer de volta o pescoço ao centro do corpo, ficou um tempo prestando atenção, seus olhos seguindo direto para lá. Direto, como que sugados por uma força eletromagnética. Uma estranha e dolorosa força, o encontro de dois ímãs, o encontro com seu passado.

Lá estavam elas, dependuradas. Todas as fotografias.

Foi desencostando-se da porta, endireitando o corpo lentamente. Aos poucos foi chegando perto da parede de memórias. Os passos tortos, a própria vida assim. Distorcida. Concentrou seu olhar. Piscou duas vezes, a vista embaralhada. Completamente.

Fabiano e a mãe fazendo castelos de areia na praia.

O que você esperava desse garotinho aí, mãe? Me conta, vai. Me conta o que você quer, quem sabe... Quem sabe eu te dou? Hein, mãe? Fala, fala logo! O que você quer de mim? Já falei que eu não posso! Já te falei, para de insistir, pelo amor de Deus, que coisa! Para, mãe... por favor... por favor... Onde está o mar pra me levar embora? As águas pra me carregarem, as ondas, porque agora o castelo acabou. Só areia e pó.

Fabiano entre os irmãos.

O vôlei... Puxa, eu era bom. Eu sei, eu sei... Um levantamento e zás! Cortada! Que beleza, que beleza... O campeão... Tá certo, professor, sou campeão. Tá certo, caras! Tá, eu vou pra rede. Levanta! Levanta! Fabiano... Fabiano, cai na real! Você não é nada, meu irmão! Campeão, professor? Rá! Rá! Rá! Só rindo, meu! Só. Cai na real, Fabiano!

Fabiano e o pai abraçados.

A chácara. Maneira, maneira. O velho fez quadra de vôlei e tudo. Só por minha causa. Acreditava em mim, pai? Vem, pai, vem jogar... Uau! Que lance! Quem é que pode comigo, me diz? Pô, Otávio! Por que você? Por quê? Não sabia que ia morrer, não? Estúpido! Você não podia ter morrido, cara! Não podia! O que é que vai ser de mim agora? Quando vou morrer também? Me fala, Otávio! Me fala!

Fabiano e Rosana.

Rosana... Meu amor... Injustiça você não acreditar mais em mim, injustiça. Gosto de você desde... Sei lá, Rosana! O maior tempo, o maior tempo. Demorou pra eu te conquistar. Pra eu falar... Poxa, naquela época eu nem falava, era um bocó. Lembra, Rosa-

na? Do nosso beijo? Na quadra, no meio de todo mundo. O pessoal falando... Aí, hein? Vocês dois! Rosana... Que saudade de beijar você... Que saudade de você me beijando... Me beija, Rosana. Me beija... Eu te amo. Eu te amo. Eu...

Fabiano aproximou-se da fotografia e passou o dedo nos lábios de Rosana.

O quadro caiu.

Depois, tudo apagou.

resgate

Lídia foi a primeira a chegar. Acordou assustada com o barulho do vidro se quebrando. Segundos depois, Sandra também já se encontrava ali.

Ela deu um grito de pavor.

— Meu Deus! Ele está morto! Liga para o seu pai, Lídia! Rápido!

Lídia foi correndo pegar o telefone, Sandra abaixou-se e colocou a cabeça do filho em seu colo. Tinha um leve corte na testa, sangrava um pouco. Sandra passou a mão pelo rosto, pelos cabelos do filho, pelos olhos. Fechados. A expressão congelada. Inerte.

Marcelo apareceu assustado com o grito da mãe.

— Que aconteceu?

— O Fabiano desmaiou. Pegue as chaves do carro, Lídia! Vou levar esse menino pro hospital. Vocês dois, ajudem-me a colocá-lo no carro. Vamos!

Depois de terem ajeitado Fabiano no banco de trás, Sandra deu a ordem:

— Fiquem aqui, por favor! Eu telefono de lá, dando notícias.

Olhou Fabiano pelo retrovisor. Aquele era mesmo o seu filho?

Fabiano chegou ao hospital e imediatamente foi encaminhado à UTI, onde recebeu os primeiros socorros.

Osvaldo chegou logo depois, aflito, perguntando:

— Como ele está, Sandra?

— Lá dentro. O médico pediu para esperar...

Uma arritmia cardíaca foi detectada devido ao excesso de drogas que Fabiano tinha consumido. Ele foi entubado e uma bateria de exames de urgência foi feita. Em quinze minutos o laboratório deu o resultado.

— O garoto teve sorte de ter sido socorrido a tempo — o médico relatou.

Sandra soltou todo o ar dos pulmões. Ele estava vivo.

— Nosso filho usa drogas — disse Osvaldo. — Não sei o que ele usou para que tivesse desmaiado, mas não é a primeira vez que isso acontece. Num outro dia, um amigo o trouxe para casa, já acordado. Mas agora...

— O Fabiano já recuperou os sinais vitais. Logo iremos submetê-lo a novos exames e ficaremos sabendo exatamente a droga que ele usou. Vamos aguardar.

Sandra ligou para casa e falou com Lídia.

— Ele está bem, Lídia. O médico vai fazer mais alguns exames. Graças a Deus não aconteceu nada mais grave.

Sandra desligou o telefone. Viu Osvaldo sentado no banco de espera e foi até lá.

Ela sentou-se, olhou para ele, balançou a cabeça:

— Nem sei o que dizer... O que aconteceu com a nossa vida?

Osvaldo não respondeu, a cabeça também movimentando-se de um lado para o outro. Quem teria essa resposta? Alguém?

O médico estava chegando. Os pais de Fabiano se levantaram.

— E então, doutor? — perguntou Osvaldo. — Os exames ficaram prontos?

— Sim. O Fabiano usou *crack* e cocaína.

— Meu Deus... — balbuciou Sandra. — Aonde é que esse menino vai parar?

— Ele poderia ter sofrido uma parada cardíaca e ter morrido na mesma hora — disse o médico. — Essas drogas são muito perigosas, têm um poder violento. Com apenas duas ou três vezes de uso a pessoa já se torna dependente — ele deu uma pausa. — É um preço alto demais, não vale a pena. Bom seria se alguém colocasse isso na cabeça desses meninos...

Sandra deu um suspiro profundo. E perguntou:

— E agora? Como é que ele está?

— Dormindo. O problema vai ser depois, quando acordar. O Fabiano vai se sentir agitado e até mesmo agressivo. É a síndrome de abstinência, o organismo dele reclamando a falta das drogas. Teremos de sedá-lo. Mas, aos poucos, ele vai melhorar.

derrota

Por várias vezes, Sandra brigou com Osvaldo por causa de Fabiano. Achava que o ex-marido estava sendo muito duro, fazendo o menino sofrer ainda mais do que já vinha sofrendo.

— Não vou dar mais dinheiro ao Fabiano, Sandra! Acabou! E você também não vai! Não vai, entendeu?

— Mas ele prometeu, Osvaldo! Ele jurou!

— Ora, Sandra!

— Por que você não pode dar uma chance para ele? Por quê? Você viu como ele melhorou nestes últimos dias. Até engordou! Está mais bonito... Corado...

— Sandra... — falou com mais calma agora. — Você não está percebendo. Toda vez é assim. Passam alguns dias e ele recai. Se a gente der dinheiro, ele vai sair daqui e ir direto ao traficante! Não confio mais nele! O que você quer? Ajudar a matá-lo?

— Não! Ele não vai! Ele prometeu! O Fabiano só não quer ficar internado em lugar nenhum. É um direito dele! Ele não vai, Osvaldo!

Mas Fabiano sempre ia. Toda vez que a mãe conversava, ele fazia promessas.

— Prometo que vou parar, mãe. Pode acreditar, desta vez é verdade.

— Quero você vivo, meu filho. Não quero perdê-lo. Por favor, não se entregue.

— Tá, mãe. Não vou me entregar.

Mas eram apenas promessas, discursos vazios.

Como estava sem dinheiro, Fabiano continuou a roubar o que tinha em casa, agora com mais frequência. Depois do anel da Lídia, vieram outras joias. Correntinhas, brincos, pulseiras. Da Lídia, da mãe, de quem facilitasse. A mãe procurava esconder esse assunto de Osvaldo, tinha medo da reação dele. Toda vez que sumia alguma coisa, esperava por Fabiano e o chamava para uma conversa. Tudo igual. Sempre.

— Não está certo, Fabiano! Não está!

— Desculpa, mãe... Não vou fazer mais isso. É que eu precisei de grana, tava devendo, ia fazer o quê?

— Pelo amor de Deus, Fabiano...

— Eu juro, mãe. Nunca mais vou tirar nada da Lídia. Nem da Lídia, nem de ninguém. Eu juro.

Nem mesmo a coleção de CDs de Sandra escapou de Fabiano. Ainda quando não tinha nada para oferecer, o traficante lhe arrumava a droga de graça, e Fabiano voltava para pagar depois. Voltava, porque caso contrário seria morto. Sabia das leis. Não deixaria de cumpri-las. De vez em quando, o traficante lhe encomendava alguma coisa. Se não tivesse em casa, tratava de achar na rua. E achava, claro, sempre achava.

Novamente, o coquetel de drogas tomado por Fabiano o levou ao hospital. Foi socorrido pela mãe, que depois telefonou ao ex-marido, como da primeira vez.

Fabiano ficou internado. Foi atendido por outro médico que falou aos pais as mesmas coisas que o primeiro. Desse jeito, o garoto acabaria morrendo.

Osvaldo e Sandra procuraram um outro psicólogo, que indicou aos dois um grupo de apoio aos familiares dos dependentes de drogas. Precisavam de orientação, não sabiam como lidar com o problema, mais do que nunca percebiam isso.

Fabiano continuava com a mesma vida. Roubando, dormindo fora algumas noites, aparecendo drogado.

Sandra e Osvaldo conversavam com ele, pediam, insistiam para que lutasse.

— Você está procurando a morte, meu filho! Lute! — o pai dizia.

— Venha conosco, Fabiano. Conhecemos algumas pessoas que vão ajudar você. Por favor! — Sandra repetia a todo momento.

Fabiano parecia, às vezes, querer tentar. No fundo, tinha certeza de que acabaria como o primo ou ainda como tantos outros de quem ele nem sequer sabia o nome, muito menos ouvira falar. Quantos não morriam de *overdose*, assassinados ou cometiam suicídio? Acontecia com uma infinidade de pessoas anônimas todos os dias.

Chegou a ir a algumas dessas reuniões que a mãe tanto insistia. Mas Fabiano não conseguia dar continuidade a nada. Se pudesse, ele pensava. Se pudesse. Mas não. Apenas alguns dias se passavam e ele retomava tudo. Do mesmo jeito. Chegava em casa outro, parecendo um mendigo.

Uma vez, Lídia o pegou usando *crack* no quarto, a porta aberta. Gritou. Esperneou. Achou a cena do irmão usando droga dentro de casa tão deprimente que fechou a porta e saiu correndo.

Ninguém aguentava mais.

Até que aconteceu pela terceira vez.

madrugada

Sábado, três da madrugada.

Fabiano, Gustavo e a turma estavam numa festa na casa de um deles. Rolava de tudo: muitas drogas pesadas e muita bebida.

— Meus pais vão me mandar pros Estados Unidos.

— Hein?

O som alto da música não deixava Fabiano ouvir direito o que Gustavo lhe dizia. Fixou o olhar no amigo, prestou atenção.

Percebendo que Fabiano não tinha compreendido, Gustavo repetiu:

— Pros States, cara! — e entornou a garrafa de uísque garganta abaixo. — Tenho um irmão que mora lá já faz três anos. Acham que vou ficar melhor com ele.

— E você vai?

Gustavo não respondeu, ergueu os ombros, indiferente. Saiu gingando o corpo ao som da música, à procura de mais cocaína.

Fabiano foi atrás dele. Tirou a garrafa da mão de Gustavo e bebeu de uma única vez o que tinha restado.

De repente, Gustavo começou a ficar estranho. Bem estranho, aliás. Fabiano chegou mais perto, tocou seu ombro. Perguntou:

— Você tá bem, cara?

Não houve resposta. Gustavo não tinha a mínima condição de dizer qualquer coisa. Mais um pouco e piorou. Os olhos estatelados, o corpo começando a se contrair.

Fabiano ficou preocupado, nunca tinha visto o amigo daquele jeito. Apertou mais o braço dele.

— O que é que você tem, Gustavo? Fala, meu!

Mas como? A boca de Gustavo tinha travado. Ele começou a babar. Mal respirava.

— Ajudem! — Fabiano gritou. Um desespero. Agora o próprio Fabiano era quem não conseguia respirar. De medo.

Uma pessoa desligou a música. Outra chamou a ambulância. Fabiano telefonou para os pais de Gustavo.

Os carros de seus colegas foram seguindo a ambulância, que não tinha demorado a chegar. Um silêncio, um grande vazio tomando conta de todo mundo. Ninguém sabia o que se passava com o Gustavo lá dentro. Ninguém.

— Ele vai ficar bom — falou um dos amigos.

Mas Fabiano nem ouviu. Na mente, um turbilhão de acontecimentos, recortes de cenas, registros que a memória não tinha apagado. Talvez, não apagasse nunca. Otávio, seu primo e amigo. Morto. Aquilo surtia uma punhalada em seu peito. Agora era o Gustavo, seu melhor amigo. Entre a vida e a morte.

O rapaz que dirigia o carro continuava dizendo:

— Ele vai ficar bom.

Gustavo foi para o hospital tendo uma convulsão atrás da outra. Chegando lá, não resistiu às várias paradas cardíacas.

Quando o médico trouxe a notícia, Fabiano viveu um pesadelo. Um filme de horror.

Passou pela porta transtornado. Correu pela rua feito um louco, sem destino.

— Não!!! — gritou com toda a força.

O som solitário do grito, a madrugada fria que molhava o asfalto, a perda do amigo, o vazio, tudo lhe corroía por dentro, rasgava o coração e não lhe deixava esperanças.

Era o fim.

Pensou em Deus. Queria que Ele o ajudasse, mas não sabia como. Queria ter fé, acreditar. Não conseguia.

— ONDE VOCÊ ESTÁ, DEUS? — mais uma vez o grito.

Fabiano corria, as lágrimas iam gelando seu rosto. Queria morrer. Não tinha mais salvação.

Chegou a uma praça e viu um telefone público. Ficou pensativo, os olhos fixos no orelhão. Quanto tempo parado ali? Horas? Era essa a estranha sensação, muitas e muitas horas. Mas não fazia mais que alguns minutos.

Aproximou-se. Tirou o telefone do gancho. Suas mãos tremiam, mal conseguiam segurá-lo. Achou que sua voz não sairia. Discou a primeira vez, mas parou na metade. Deixou o telefone cair. Encostou a cabeça no aparelho e passou os braços em volta do rosto, chorando. Chorando muito.

Lentamente, ergueu a cabeça e puxou o telefone pelo fio. Quanta dificuldade. Quanta. Levou-o até perto do rosto. Fez nova discagem. Desta vez, conseguiu.

Alguém do outro lado atendeu no primeiro toque, como se algum telefonema fosse esperado àquela hora da madrugada.

A voz estava rouca, ensonada, mas Fabiano a reconheceu de imediato.

— Pai...

— Fabiano?

— Pai... Vem me buscar... Preciso de ajuda...

— Onde você está, meu filho?

Vagarosamente, Fabiano foi olhando os arredores da praça. A vista embaçada de tanto chorar. Tudo escuro. Não só a praça, não só a rua.

Fabiano não tinha bem certeza, mas não estava longe

do hospital a que tinham levado Gustavo. Deu o nome do hospital.

O garoto desligou o telefone e ficou deitado, estendido na grama, esperando que alguém o tirasse do inferno que estava vivendo. Esperava por um milagre.

Osvaldo parou o carro e foi correndo ao encontro do filho. Colocou suas mãos por baixo do corpo de Fabiano a fim de levantá-lo. Os olhos do rapaz estavam pesados. Pesados. Mas abriram-se. E viram o pai.

— Está tudo bem agora, filho — ouviu Osvaldo dizendo. E achou bom ouvir aquela voz.

O pai de Fabiano o carregou no colo, colocou-o no carro e então dirigiu até o mesmo hospital onde estava Gustavo. Telefonou para Sandra, que apareceu no momento seguinte.

E, mais uma vez, Fabiano ficou internado. Estava muito fraco.

Saindo do hospital, o pai ao volante, a mãe no banco do passageiro, Fabiano falou antes de mais nada:

— Não vou conseguir sair sozinho. Preciso de ajuda.

estrangeiro

A estrada era de terra. Esburacada. Cada solavanco sacudia Fabiano dentro do carro. O mundo lá fora parecia a coisa mais estranha.

Havia quanto tempo não prestava atenção às pequenas coisas à sua volta? Árvores enormes, as sombras abraçando a estrada poeirenta, nuvem, céu. Atrás, as rodas do automóvel deixando um rastro de poeira. Assim Fabiano queria que fosse. Que tudo passasse. Que tudo ficasse para trás, feito o pó da estrada.

Seu pai reduziu a velocidade. Um grande portão aparecia escancarado à frente. Osvaldo virou o pescoço em direção ao filho.

— É aqui.

Fabiano apenas sorriu. De leve. Em seguida, Osvaldo engatou a marcha e continuou o caminho.

Era uma chácara. E na casa, na varanda, estava um homem. Osvaldo puxou o freio de mão, abriu a porta do carro e foi até lá falar com ele.

Sandra virou-se para trás, passou o braço pelo banco e pegou na mão de Fabiano. Segurou firme.

— Tenha fé, meu filho. Você vai conseguir.

— É tudo o que eu quero, mãe. E quero muito, pode ter certeza.

Sandra sorriu. Pela primeira vez em dois anos via o filho realmente decidido.

Fabiano desceu e o mesmo homem com quem seu pai conversava antes agora falava com ele. Era o coordenador do grupo.

— Ninguém aqui o obriga a ficar. E, se ficar, vai ter de seguir as regras. O portão, como você vê, fica aberto. Logo mais adiante tem um ponto de ônibus. Pode sair, pegar esse ônibus e voltar para a mesma vida de antes se você quiser. Agora, se ficar, vai se sentir nascendo de novo. Quer tentar?

— Quero.

Os pais foram embora, combinando a visita para o próximo domingo. Fabiano ficou. E, com ele, a esperança de uma vida nova.

Na chácara havia regras: horário para levantar, arrumar os quartos, varrer, tirar o pó, passar pano. Depois, cuidar da horta, do pomar, da preparação do almoço. Todos sempre ocupados com algum trabalho.

À noite, logo após o jantar, os hóspedes reuniam-se para falar dos seus problemas, da sua luta contra as drogas.

Um dava apoio ao outro e por isso mesmo começavam a se sentir mais valorizados, a achar que não eram os únicos nessa situação.

Fabiano ouviu a apresentação dos novos amigos:

— Meu nome é Marcos, tenho vinte anos, comecei nas drogas com quinze. Usava maconha e cocaína. Mas antes disso, foi o álcool, aos doze...

— Meu nome é João, tenho dezesseis anos...

— Meu nome é Rafael, tenho treze anos...

— Meu nome é Rodrigo, tenho dezoito anos...

— Meu nome é Fabiano, tenho dezesseis anos.

O tempo passava, às vezes não tão rápido, sonolento, escorregando devagar. Sem as drogas, Fabiano sentia um vazio muito grande. Mas aguentou firme o começo, o pior momento. Seu organismo querendo, exigindo. E ele dizendo não o tempo todo. O tempo todo era não. Porque o tempo todo elas estavam lá. Na mente.

Às vezes, um do grupo desaparecia. Pela manhã não estava junto com os outros. O portão fica sempre aberto...

Sim, era fácil. Fácil fugir dali, achar uma liberdade aparente, porque na realidade não havia liberdade alguma. Livre estava ali. Só ali. Por isso queria ficar. Por isso sentia pena quando sabia que algum colega tinha desistido da luta e ido embora. Pena. E dor também. Porque tudo lhe doía, tudo o deixava mais sensível. Com remorso, sentimento de culpa, uma mistura. Que Fabiano era aquele? Não fazia ideia. Ainda iria descobrir.

— Um dia de cada vez — falava-lhe o coordenador. Um amigo agora, um ponto de apoio. — Só por hoje.

E assim os dias foram passando, um atrás do outro, e Fabiano segurando a sua vontade só por aquele dia. Por aquele dia apenas, que se transformou em outro, em outro e em outro.

Estava no fim do terceiro mês. Era domingo, um dia

quente, o Sol brilhando forte no céu azul. Fabiano entretinha-se com a horta. Replantando os pés de cenoura.

Nunca se imaginou mexendo com a terra. Mas, agora, tudo tinha um significado. Aquela plantinha, que crescia de uma semente jogada no chão, era o próprio milagre da vida.

Nesse momento, uma pessoa procurou por Fabiano. Um dos colegas apontou para o meio da horta. Ela fez força para avistá-lo, uma das mãos sobre a testa, encobrindo a luz do Sol. Quando o viu, balançou a cabeça e agradeceu com um sorriso.

Que bom estar aqui, Fabiano pensou. De certo modo, aquela terra lhe trazia o cheiro da infância, da chácara dos pais, dos finais de semana que haviam passado juntos, rindo, brincando.

Havia quanto tempo o barulho da natureza não atingia os seus ouvidos? O balanço das folhas, o canto dos pássaros... Pequenas sinfonias com as quais seus ouvidos não estavam mais acostumados.

Uma sombra se fez por detrás dele. Fabiano pensou que fosse um dos amigos a lhe trazer outra enxada ou algum recado do coordenador.

Virou-se rapidamente e viu Rosana.

Os olhos de Fabiano brilharam. Era o sol que estava lhe ofuscando a vista ou as malditas alucinações tinham voltado?

Fabiano lentamente se levantou. Finalmente se levantou. As mãos sujas de terra soltaram a pá.

Rosana sorriu:

— Não vai ao menos me dar um abraço?

Fabiano abraçou Rosana bem forte. Para ter a certeza de que seus braços a tocavam de verdade outra vez. Inacreditável, inacreditável. Não tinha esperança de que aquilo fosse acontecer algum dia mais.

Suas mãos riscaram de marrom as costas da garota. Ele deitou a cabeça no ombro de Rosana e chorou. Muito, quase incontrolavelmente.

Ela segurou o rosto de Fabiano com as duas mãos, afastando-o um pouco. Olhou bem dentro dos olhos. Aqueles olhos lindos. Só azuis.

— Eu disse que, se você tentasse, eu ficaria do seu lado.

Fabiano abraçou-a novamente, agora mais devagar, com calma, e então viu, por cima dos ombros de Rosana, seus pais, Lídia e Marcelo, nos fundos da casa que dava para a horta.

Em breve, Fabiano estaria de volta à sua casa. Sim, de volta, e aí começaria tudo outra vez. Tudo, tudo, ele pensou. A escola, novas amizades, quem sabe até os treinos de vôlei, por que não? Sabia que não seria fácil. Teria que lutar sempre, lutar muito.

As pessoas com quem convivia na chácara o ensinaram a contar os dias de um modo diferente. Cada um deles longe das drogas era uma vitória e merecia ser lembrado. E havia cem dias que Fabiano estava longe delas.

Fabiano sabia que cem dias não eram nada. Muito pouco perto dos mais de setecentos em que passara no escuro. Cem dias eram a luz, o Sol que brilhava por cima de sua cabeça, de Rosana, de seus pais, de seus irmãos e de todos os companheiros da chácara.

Cem dias eram muito pouco.

Mas era o começo.

sobre a autora

Nasci em Americana, São Paulo, sou graduada em Letras, Português-Espanhol, e durante bastante tempo fui professora. Há alguns anos venho me dedicando exclusivamente à literatura, não só escrevendo como também participando de encontros com leitores em escolas e feiras de livros em todo o país. Meu primeiro livro foi publicado em 1998 e hoje são dezenas de obras escritas para o público infantil e juvenil.

Nesses encontros com os leitores, inevitavelmente surge uma pergunta:

Quanto tempo você demora para escrever um livro?

Respondo que alguns livros demoram mais, outros menos, depende da complexidade dos personagens, da estrutura do texto. Além disso, acredito que todo escritor é bastante exigente consigo mesmo e sempre procura analisar criteriosamente seu trabalho, a fim de melhorá-lo ainda mais. Tenho livros que levei dois meses para escrever, assim como tenho outros que levei mais de um ano. As leituras, não somente as do próprio texto, mas todas as outras que fazemos no decorrer da escrita são fundamentais.

A vida no escuro foi um dos meus livros mais trabalhosos. Ele me acompanhou durante mais de um ano, já que foram necessárias muitas pesquisas para que a história de Fabiano, Otávio, Ana, Gustavo, Ricardo e Cris ganhasse corpo e fosse realmente possível de acontecer.

Conversei com muita gente, conselheiro tutelar, médico, psicólogo, o coordenador-terapeuta de uma instituição que visitei, ouvi relatos de familiares e ainda das próprias pessoas que passam pelo problema das drogas. Conheci aquelas que tentavam buscar uma saída, li sobre as que conseguiram e também sobre as que não conseguiram.

Tudo isso me comoveu muito, me sensibilizou e me mostrou que não é fácil. Ao contrário, é preciso muita coragem, determinação e vontade de voltar a viver. E mais: amor. Com amor, sempre há uma esperança.

www.taniamartinelli.blogspot.com

sobre a ilustradora

ARQUIVO DA ILUSTRADORA

Daniella Domingues nasceu em São Paulo, em 1982. Desde criança sempre teve no desenho sua atividade favorita. Em 1997 começou a frequentar um ateliê livre de desenho e pintura semanalmente, e, em fevereiro de 2000, iniciou o curso de Educação Artística na Universidade Estadual Paulista.

Há dez anos Daniella pesquisa artes visuais, realizando estudos em desenho, fotografia, textos, vídeo e outras mídias. Para *A vida no escuro*, procurou abordar os temas sempre de forma subjetiva, "tentando entender como sofre um indivíduo sob qualquer forma de dependência química, assim como as pessoas que convivem com ele. Tento me lembrar sempre que todas as coisas têm muitos lados: o mundo não é uma folha de papel...".